北極熊ホープ

二郷半二

目次

序章　旅立ち……4
第一章　海辺《うみべ》の町エポー……13
第二章　ホープとの別れ……49
第三章　新たな出会い……88
第四章　突然の宣告……110
第五章　陽《ひ》の陰《かげ》り……132
第六章　運命の再会……162
終章　花の命……212

序章　旅立ち

青い絵の具をキャンバス一面に刷《は》いたように、雲一つないすみわたる青い空がどこまでもつづいている。

雪原《せつげん》に広がるなだらかな斜面《しゃめん》は、極北《きょくほく》特有の乾《かわ》いた厚い雪にまだおおわれていた。

春の声を聞いたとはいえ、極北のこの地では、未《いま》だに真冬の名残《なごり》の色が辺《あた》りを支配し、マイナス三十度に近い冷気の前にすべてが沈黙《ちんもく》している。

時折《ときおり》思い出したように吹き渡る風が、水分も凍《い》てついたサラサラとした雪を舞わせ、さまざまな形をした雪の結晶《けっしょう》が、陽《ひ》の光に映《は》えてキラキラと光りながら、雪原の彼方《かなた》へととび散っていく。

青白いつき刺すような星明りで、雪面がほの白く映《は》え、幻想的な雰囲気《ふんいき》をかもしだす夜の景色《けしき》とは真反対の景色が、夜明けとともに姿を見せてきた。

陽《ひ》が高く上《のぼ》ったこの時分《じぶん》には、紫外線《しがいせん》が白い雪にはじかれ、サングラスでもなければ目も開《あ》けていられないほどの眩《まぶ》しさになる。

目を凝《こ》らして見ると、白い世界におおわれたなだらかな斜面の一画《かく》に、まるでシミができたように、ポツンと灰色の点が現れた。

その点は瞬《また》く間に大きく広がり穴に変わると、そこから白い毛におおわれた頭が見えてきた。やがてそーっと出てくる、黒い丸い点のような眼をつけた大きな顔。

鼻を空に向けてつき出すと、周りの大気の臭いを嗅《か》いでいる。用心深く三分ほども嗅《か》いでいただろうか、間もなく穴の中へとその顔は消えた。

季節は春の息吹《いぶき》が聞こえてきた三月上旬。

去年本格的な冬がくる前に冬眠《とうみん》に入った、身ごもったメスのポーラーベアー（北極熊）が目覚めの季節を迎えていた。

ポーラーベアー（北極熊）は冬眠しない。その代わり他の肉食獣には見られない能力を駆使《くし》して獲物《えもの》の少ない時期をのりきる。

体温や代謝《たいしゃ》（生き物に必要な作用で、老廃《ろうはい》物を体内から出し、必要な栄養を取り入れること）を、極限《きょくげん》にまで下げて生き残りをはかる。

獲物の少ない夏場の時期をのり切るための神様から与えられた能力。しばしば生きたまま冬眠《とうみん》していると言われるのはこのためだ。

だが身ごもったメスぐまだけは冬眠して、その間に平均すると二頭の子ぐまを出産する。

出産直後の子ぐまは六百グラムほどの体重しかない。

三か月ほど狭い巣穴の中で母親のミルクだけで育ち、翌年の春、外のきびしい環境に耐えられる大きさ（十キロ前後）に育って、はじめて母親の後について巣穴から出てくる。

母ぐまは再度臭いを嗅ぎ、周囲に異常のないことを確かめると、太い腕で雪をかき分け這《は》いでてきた。雪にはじかれる太陽の光に、さすがの母ぐまも眩《まぶ》しそう。

すでに何度も出産を経験しているのだろう、ものおじすることなく這《は》いでると、後につづく子ぐまに早く出るようにと促《うなが》している。

小さな白い頭が見えてきた。こわごわと頭を雪の上につき出すと周《まわ》りを見渡す。はじめて見る白一色の光景に、どうしようかとためらっている様子《ようす》。

だがそれもつかの間のこと。心配そうに見ている母ぐまの両脚の間に勢いよく一頭目の子ぐまがとび出してきた。二頭目の子ぐまは無鉄砲な性格なのか、なんのためらいもなく暗い巣穴からとび出そうとしている。

子供はどんな生き物であろうと、無邪気《むじゃき》で遊びが好きだ。今までは漆黒《しっこく》の巣穴の中で、体を思い通りに動かせなかった。

その時間を取りもどすかのように、子ぐま二頭でじゃれあい、転《ころ》げまわり、母ぐまの足に絡《から》みつき跳《は》ねとばされたり、それでもまた母ぐまに二頭してとびかかっていく。

この行動が大人のポーラーベアーになるための第一歩。それを知っている母ぐまは、と、時折《ときおり》優しく鳴き声をかけながら、前足で子ぐまたちをはたいたりして、歩きつづける足をしばらく止めてはつきあっている。

（グー……、フー……）

母ぐまは絶食状態でこの半年余りを過ごしている。子ぐまにはミルクが必要。体にたくわえられた脂肪はすべてミルクとなり二頭の子ぐまに与えられている。

これからもしばらくは獲物《えもの》にありつくことなしに、ミルクを与えつづけなければならない。体力を早く回復させなければ、十分なミルクを子供たちに与えられない。

一刻も早く流氷が消えないうちに海辺《うみべ》にたどり着かねばならないのは、そのための狩りをする必要があったから。

ポーラーベアーにとって、主たる獲物《えもの》となるアザラシの繁殖期《はんしょくき》は、およそ四月から七月半《なか》ばまで。その時期は貴重な狩りの季節になる。

もしその時期に間に合わなければ、待っているのは、さまよい歩いた末の飢《う》え死に。

北極圏の陸上では、ポーラーベアーに敵対《てきたい》できる生き物はいない。この地域での食物連鎖《しょくもつれんさ》の頂点《ちょうてん》にたつ。

この強大な力をもってすれば、海のシャチのように環境《かんきょう》に順応《じゅんのう》し、生息域を少しだけ逆方向に南下させ、アザラシ以外のより獲物の影が濃《こ》い狩場《かりば》を得るのも可能。

だがポーラーベアーの生き方に妥協《だきょう》はない。獲物の有無《うむ》に関係なく向かう先は常に距離の離れた北極圏の海。

海洋で同じ食物連鎖の頂点に立つシャチの柔軟《じゅうなん》な生き方とは、ポーラーベアーは大分異《だいぶこと》なる生き方をする。

シャチは七頭前後からなる家族単位で主に行動し、集団によっては、より近くを生息域とする他の生き物を捕獲《ほかく》する。

アルゼンチン近海では、シャチは浜辺《はまべ》に集《つど》うアシカの群れを狙う。南アフリカの海では、イワシの群れを狙うホホジロザメを狩る。オーストラリアの沖ではクジラを獲物とし、時には地上最大の生き物シロナガスクジラでさえも襲《おそ》う。また南極では氷上で休むアザラシを集団で狩ることはよく知られている。

回遊して様々な獲物を狩るシャチの集団も存在する。

多くの生き物の食性は環境に応じて変わる。シャチも例外じゃない。

彼らも人と同様に、いやそれ以上に知恵を駆使《くし》して、この気候変動の難しい時代を生きのびようと精一杯の努力をしている。

ポーラーベアーには、シャチのように環境に順応《じゅんのう》するような生き方はできない。頑《かたく》ななまでに、本能から与えられた宿命に殉《じゅん》じて生きつづけるだけ。

その代わり、シャチにはない半年ほどを絶食したまま代謝《たいしゃ》を下げて生きのびられるという、特殊な能力を授《さず》かっている。

種《しゅ》の保存のため自然は時として、弱肉強食や適者生存という過酷《かこく》とも思えるきびしい試練《しれん》を生き物たちに課すが、公平さ、という優しいほほ笑みもまた絶やすことはない。

子ぐまたちは自由の大地へと最初の一歩を踏み出していた。

自然界においては自由とは危険を意味する。自由な大地への最初の一歩は、またとてつもなく危険な旅への第一歩。

子ぐまたちはまだ気づいていない、あの漆黒《しっこく》の身動きもままならない不自由な巣穴の中が、絶対的に安全だったということに。

自然界において身を守るすべのない子供たちは、強者、弱者、また種の如何《いかん》に関わらず無数の危険にさらされる。ほとんどの場合が生存率五十パーセント以下。

たとえば丹頂鶴《たんちょうづる》の場合、
ひな鳥の生存率は三十パーセント弱といわれる。理由はカラスやキタキツネなどの野生生物による捕食が主たるもの。丹頂鶴は保護されているにも関わらずこの状況。

アフリカのサバンナという過酷《かこく》な環境の中で生息する、野生の生き物の子供たちは、平均すると十パーセント前後の生存率の低さ。

このきびしい自然環境の中では、絶滅《ぜつめつ》せずに生きて子孫を残すということが、野生の生き物に課された最大の目的、また営々《えいえい》として受け継がれてきた使命。

ポーラーベアーの子供の生存率もまた五十パーセントを切るほどの確率。

成獣《せいじゅう》になれば、陸上の天敵は銃を持った人間しかいないほどに強大な生き物になるが、子供の時はワシにさらわれたり、他の肉食獣《じゅう》の餌食《えじき》になることがある。

その中でも、もっとも怖《こわ》いのがオスのポーラーベアー。慢性的な食糧不足のために共食《ともぐ》いをすることでこの熊は知られている。

運悪く、オスぐまと遭遇《そうぐう》した時など、母ぐまも必死に子供を守ろうとする。が、体格差が倍近くも違えば（オスは四百—六百キロ・メスは二百—三百五十キロ）、守り切れない。オスぐまに遭遇《そうぐう》すれば、まず逃げる。逃げ切れなければ、子ぐまの一頭が襲《おそ》われている間に母ぐまともう一頭の子ぐまが逃げるという状況もおこってくる。

襲われている子ぐまをなんとか助けようと、オスぐまに挑《いど》んだ母ぐまがころされるというケースも、そう多くはないが飢《う》えに苦しむ年にはおこっているようだ。

その場合、母ぐまの犠牲《ぎせい》で二頭の子ぐまが助かったとしても、母ぐまがいなければ、二頭の子ぐまにとって生き残る可能性はゼロ。

子ぐまは二年余りを母ぐまに寄りそい生きるための学習をする。それ以前に母ぐまとはぐれるようなことがあれば、狩りの仕方も習っていない。生きる望みは断ち切られる。

残された子ぐまにとっては餓死《がし》か、他の生き物に捕食されるかの道だけ。

生きて子孫を残すという最大の使命を果たすのであれば、悲しいことだが一頭の子供を犠牲《ぎせい》にして、もう一頭の子供を育て上げるということが最善の選択。

生きる物に対しての、自然の過酷《かこく》さ、その試練のきびしさは、人間の想像をはるかに越えたところにある。

眩《まぶ》しく照り映《は》えるなだらかな雪面を滑《すべ》るようにしてポーラーベアーの親子は下りていく。二頭の子ぐまは時折《ときおり》、その汚《けが》れのない白い縫いぐるみのような姿で、転《ころ》がるようにして雪まみれになりながら母ぐまの後を追いかける。

先はまだ長い。経験豊富な母ぐまに焦《あせ》りはなかった。行く先は本能という羅針盤《らしんばん》の針が指す方向に進めばいいだけ。

数えきれないほどの歳月《さいげつ》を、青い空はただ黙って見てきた。

流氷の待つ海辺《うみべ》へと、はしゃぎまわりながら歩く二頭の子ぐまと、その後から子ぐまを見守るように、ゆっくりと歩きつづける母ぐまの姿を。

母ぐまに明日への計画はない。今日を子供たちと必死に生きるだけ。夜がきて無事に眠れれば明日がまたくるというだけの、それだけの生活。

それが十三万年余りもの長い歳月《さいげつ》、命をつないできたポーラーベアーに与えられた生き方だった。

第一章　海辺《うみべ》の町エポー

カナダ、マニトバ州の最北東部。ハドソン湾の沿岸にエポーの町はある。

ハドソン湾は北東部のフォクス海峡を通して北極海に通《つう》じ、十一月から四月までの間は結氷《けっぴょう》し湾には大氷原が現れる。

この周辺はポーラーベアーの生息地としても知られている。

広大なハドソン湾の氷原でポーラーベアーの主たる獲物となるアザラシたちが、氷上で出産し子供たちを育てるからだ。

幹線道路から枝分かれした、小さな二車線の一本道がエポーへとつづく。幹線道路沿いにあるわけじゃない。だからドライブの途中で気軽にたち寄ることはできない。

その先は北極海に続く深い藍《あい》色に染められた海があるだけ。だからこの町に用のある者以外はたち寄らない。

町の人口は千人余り。主に漁業と毛皮の商《あきな》いでこの町は成りたっている。真冬の平均気温はマイナス摂氏二十一度。最低気温はマイナス四十度以下。

極地といってもいいほどの過酷《かこく》な自然環境の中で住民は暮らしている。が、それだけに自然の豊かさにもこの町は恵まれていた。

冬はスケートやスキー、また他の雪遊び。夏になれば釣りやキャンプ、ハイキング。エポーの子供たちが退屈することはない。

子供たちはみな野外で、キャーキャー……、と黄色い声を張り上げ、白い息を吐きながら顔を赤く火照《ほて》らせて遊んでいる。

世帯数は二百五十余り。その一割ほどがイヌイット（かつてはエスキモーと呼ばれていた）などの先住民。他はこの町の産業として漁業が本格化してからカナダの他の場所から移り住んできた人々が主だった。

雑多な人々がともに暮らす町だが人種の差別はない。みなが知っている、ほとんどのカナダ人は移民か、その末裔《まつえい》（子孫）だということを。

ましてや先住民が約一割を占めるエポーの町では、人種の別を口にするものなどだれもいない。二百五十所帯ほどの町だ。つき合い方に濃淡《のうたん》はあるものの、ほとんどの住民が互いに顔見知り。

こういう僻地《へきち》にありがちな、新参者《しんざんもの》を白い目で見るということも、この町に限ってはなかった。

町の人の眼差《まなざ》しは、ノーザンライト（カナダではオーロラのことをこう呼ぶ）やポーラーベアーを見にくる観光客に対しても穏《おだ》やかで優しい。

観光客は時折《ときおり》、小人数のグループでポーラーベアーとノーザンライトを見にやってくる。ノーザンライトが見える地域帯にエポーも入っているからだ。

偶然に遭遇《そうぐう》したポーラーベアーに、立て看板に〝餌《えさ》やり禁止〟と大きく赤字で書かれているにも関わらず、肉の塊《かたまり》を投げ与えたりする観光客もいる。

それがどれほど住民にとっては危険で迷惑なことかを知らない。

彼らが去った後、餌《えさ》をもらうことになれたポーラーベアーが住民に近づいてくるのだ。過去にそういう害意のない餌をもらいにきただけのポーラーベアーを、危険と判断して射殺したこともあった。

そんな不幸な事故を避けるため、季節がくれば警察が町や周辺を巡回する。

町の人々は野生に優しい。決して駆除と呼ばれる野蛮な行為はしない。

迷い込んできたポーラーベアーがいれば、生け捕りにして遠くまで運び野生に帰す。

人々はみな知っている、ポーラーベアーこそが、この町の真の先住民であることを。

住民の中には、観光できたのだがそんなエポーの空気に触《ふ》れて、都会にある自分の家を処分してエポーに移り住んだ者もいる。

なぜこの町が他人に、生き物に優しいのか？　だれも知らない。大方の住人にとっては、

「生まれた時からそうなのだから、そうしているだけ……」

と、答えることしかできない。

優しさは罪を生まない特効薬《とっこうやく》。だから住人は、その理由を特に知る必要もなかったし、その理由を詮索《せんさく》する者もいなかった。

ジェニファー・ドーソンも元はそうした観光客の一人。

厳密《げんみつ》にいえば、生きる意味を求めて旅をつづけていた彼女の場合は、観光客の範疇《はんちゅう》には入らないのかもしれない。

彼女はアメリカ、サンフランシスコの大学の法科を首席の成績で卒業すると、まるで鳥がとびたつようにして家を出てきた。

大都会の空気に彼女は馴染《なじ》めなかった。この町へくるまで、彼女はエポーという町の名前さえも知らなかった。

他人が干渉《かんしょう》しない、辛くて、きびしい自然の中で自分という人間を、逃げ場のない孤独の中に追い込み、根底の部分からもう一度見つめなおしたい……。

そうした思いから、やってきた町がたまたまエポーだった。

「また満点をもらったよー……」

といいながら、一人息子のウィリーが家のドアを勢いよく開けて駆けこんできた。外では風花《かざはな》が舞い始めている。季節は十月末へと移っていた。

じきに根雪が落ちてくる頃合い。

「あー、そう……　…」

といいながら、ウィリーの差し出すテスト用紙を受け取ると、ジェニファーは柔《やわ》らかく表情をくずした。

ジェニファーにとってはテストの結果は当然のことだ。

今のジェニファーには母親としての威厳《いげん》が備わっている。別に威張《いば》るわけじゃない。それは子どもに深い愛情を注《そそ》げる母親にだけ無意識に備わる威風《いふう》。

彼女は、ウィリーが将来どこで暮らそうと、決して周りの者には劣らないだけの教育をほどこそうと、学校の勉強以外に家庭でも自分で教えていた。

置手紙を残して家を出てから、十一年という歳月《さいげつ》が流れている。

その間《あいだ》に色々なことがジェニファーの中を通り過ぎていった。この間《かん》にサンフランシスコの実家には一度も連絡していない。

二十二年の間、育ててくれた親を捨てて家出した娘だ。とっくの昔に忘れ去られているだろうと思っている。それが当然だ。でも簡単に出てきたわけじゃない。

悩みに悩みぬいた結論が、家を出る、ということだった。親に話しても到底理解はしてもらえない、と思っての苦渋《くじゅう》の選択だった。

今の生活、決して豊かじゃない。といって貧しいかというと、そうでもない。都会で普通に考えれば、貧しいのかもしれない。

が、この町では周りの生活がみなそうだから、貧しさは感じない。日に三度の食事をとることはできる。小さいながらも家はある。暮らしに必要なものはそろっている。

『足る』という生活を、ジェニファーはこの町に来てはじめて意識し、そして学《まな》んだ。足りないものがあればお隣《となり》さんに貸してもらえばいいだけのこと。

持っていないということは、別に恥ずかしいことじゃない。本当に恥ずかしいことは、持っているふりをすること。そこには心の貧しさが透《す》けて見える。

どれだけ貧しくても、人が『足る』という生活に満たされていることに、彼女はこの町にきてはじめて気づかされた。都会では、他人《ひと》の持つ余計な持ち物に惑《まど》わされて、自分が『足る』という意識《いしき》を持てないだけ、ということに気づかない。

その中の一人が自分だったからよく分かる。

この町は不思議《ふしぎ》な雰囲気《ふんいき》をまとった町だった。当たり前のことを、当たり前のように気づかせてくれる。なんの変哲《へんてつ》もない小さな町だが、触《ふ》れてみると妙にたち去りがたい、

（以前、どこかで見たことがある……）

と思わせるような、懐《なつ》かしい匂《にお》いのする町だった。


ジェニファーはまだ十一年前のその日のことを鮮明に覚えている。

あれはエポーに着いて、翌日の午後のこと。

小さなホテルが一軒ある。その隣にこれも小さな図書館があった。

ジェニファーはサンフランシスコに居る時から図書館にはよく通っていた。

利用者が何人もいるのに、耳の奥がキーンと鳴るような静かな時が流れる、あのなんとも言えない雰囲気を、ジェニファーはこよなく愛していた。

この小さな図書館でジェニファーは、漁師風の若者、ジョッシュ・ドーソンとはじめて出会った。

その時の彼はまるで受験直前の受験生のようなひたむきさで、分厚い本に見入っていた。

見るともなしにその姿を見ていたジェニファーは、背後に人の気配を感じた。

図書館の女性司書がたっている。

「そろそろお茶の時間だけど、あなたはなにがいい……？」

その司書の言葉に彼女はとまどっていた。こんな言葉、図書館では一度も聞いたことが

なかった。ためらっている彼女を見ると、司書は、

「私は紅茶にするから、あなたも紅茶でいいかしら……」

まるで長年の顔見知りに話しかけるように、そう言い残し、若者には声をかけずに奥へと消えた。

やがてもどってきた司書のトレイには、二杯の紅茶と一杯のコーヒー。それをジェニファーと若者の前に黙っておくと、司書も自分のデスクで紅茶を飲みはじめた。

若者は、ありがとう……、と小さな声をかけただけ。様子から察すると、このサービスはごく普通にやられていることなのだろう。

紅茶を出したからといって、探るように話しかけてくることもない。ジェニファーはそれまでに感じたことのない普段着の、心地いい空間にいる自分を感じている。

今まではどこにいても心に余裕のない人々の群れの中にいた。

大都会は思いやりとは無縁《むえん》な、そういう輩《やから》の集合体。そこには利他の心を忘れた、値踏みするような無神経で無遠慮《ぶえんりょ》な視線しかなかった。

家を出てから三つほどの町に滞在した。すべて小さな町だったが、向けられる視線はサンフランシスコのそれと同じ。

ホテルに泊まる時、宿帳を書く。まず受付の値踏みの目がつき刺さり、その後に好奇の

目がそそがれる。

エポーの町は違った。最初に会ったこじんまりとしたホテルの主人はおだやかな目を向けてくれた。そこには値踏みの目も、好奇の色もなかった。

あったとすれば相手を気づかう目。それは決して不快なものじゃなく、自分の娘を気づかう親の目に近いもの。感性の鋭い彼女にはその区別はつく。

司書の目もそれと同じ目の色。昨日《きのう》着いたばかりの町だが、彼女は微妙な心の揺れを感じていた。この町からは遠回しの温かさが、じわり、と伝わってくる。

（この町にはしばらく滞在してみよう……）

その思いが、水底から浮かび上がる泡のようにたちのぼってきた。

今までの町には三日以上滞在したことがない。そのたびにうすら寒い思いを抱いて、好奇の目に追われるように町を出た。

しばらくもの思いにふけっていたジェニファーの背後から、唐突《とうとつ》に司書の話しかける声が聞こえてきた。

「いいかしら、飲み終えたそのカップ……」

と言いながら、紅茶のカップをトレイにのせた。そして若者に視線を送ると、

「あの若者は漁船の乗組員でジョッシュというとても気のいい若者なんですよ……」

ジェニファーが見るともなしに、時折若者に送る視線に気づいたのか、司書は若者について、そうささやいた。

「あんな真剣な様子を見れば、だれしも気になるもんです……」

と、その理由を語り出した。

唐突《とうとつ》に話しかけられたジェニファーだったが、司書のささやきはとても自然に、警戒する心をなくしたジェニファーには届いていた。

「ジョッシュが熱心に読んでいるのは、〝北極海の環境〟という本です。ジョッシュの父親は五年ほど前に北極海で遭難しました。母親もその翌年に後を追うように亡くなりました。ここ最近ですよ、ジョッシュがあんなにも真剣に勉強するようになったのは……」

それだけ言い残すと、司書はジェニファーの紅茶のカップと、ジョッシュのコーヒーカップを下げて奥に消えた。

ジェニファーは礼を言おうと司書の後ろ姿に声をかけようとした。が、その時気づいた、まだあの司書の名前を知らないことに。

この町はそれでいいのかもしれない。余計なことに気をつかわずに心の中で感謝して、成り行きに任せるだけでいい町なのかもしれない。

ジェニファーは司書の話の中に出てきた、〝北極海の環境〟というジョッシュが読んでいる本の名前に強い興味を掻《か》きたてられていた。

その本の題名とジェニファーが家を出た理由に重なるものがあったからだ。


ジェニファーは長い間思い悩んだ末、二つの理由から家を出た。

一つは束縛《そくばく》からの逃避《とうひ》。

ジェニファーの父親、テッド・ウォーケンはサンフランシスコでも三指に入る弁護士。彼はまた数十人を抱える、全米でも有名な法律事務所のオーナーでもあった。名前の売れた実績のある法律事務所だ。顧客《こきゃく》は高額な弁護士費用を払える高名な政治家や、大物実業家などに限られてくる。

十代の後半頃から、ジェニファーは夕食の時などに顧客の実態を、嫌になるほどに父親から聞かされていた。いかに政治家が保身のために汚《きたな》い行いをしているか、いかに実業家が法律の網をかいくぐって汚い金を稼《かせ》いでいるか……。

それをクリーンな存在にするのが法律家の能力。法律は強く賢い者のためにあるということを、くりかえし教えられてきた。

父親は一人娘のジェニファーを事務所の後継者《こうけいしゃ》に据《す》えようと、彼なりに娘の将来を考えて、実践的な教育をほどこしていた。

父親テッドが娘を後継者に……、と思うほどに、ジェニファーの頭脳と感性には、父親も一目置くような鋭いものが秘められていた。

現実の世界は強者が支配している。その強者の論理を理解することなしには強者の世界では生きていけない。言葉を発しない貧しいものに寄り添っても得るものはなにもない。

その強者の論理を体現しているのが、ジェニファーの父親、テッド・ウォーケン。

彼はそういうことを娘に理解させようと心を砕《くだ》くのだが、それは逆の効果しか生みださなかった。

優しいジェニファーの心には、父親からそういう話を聞くたびに、人に対する不信が澱《おり》のように蓄積され、また強者の論理を強制しようとする、父親の束縛から逃げようとする強い意識がいつしか芽生《めば》えていた。

母親ハリエットは善の心を持つ人。夫に尽くし娘に深い愛情を注いでいた。

順風にのっているとはいえ、一つ間違えれば他の法律事務所にとって代わられる弱肉強食の世界に生きている。

夫とともに長い時をこの世界で過ごしてきた。そういう油断のできない世界であることを、彼女は十分に理解している。

他の法律事務所に負けるようなことがあれば、落ちていくのは早い。

築《きず》くには十年の時が必要だが、崩《くず》れるには一日あれば十分だ。そうして凋落《ちょうらく》していった法律事務所をハリエットはいくつも見ている。

家計を預かるものとしては、収入を第一に考えてどうしても父親の側に立って物事を考える。そう考えているハリエットもまた、ジェニファーの心に潜《ひそ》む思いに、その日がくるまで気づかなかった。

そしてその日は唐突《とうとつ》にやってきた。それは大学の卒業式の翌日。

〝これから先のことを考える旅に出ます〟

ポツンと机の上に置かれた一行だけの手紙。

それを読んだ母親は震《ふる》える手で手紙を握りしめ、なんの兆《きざ》しもなく突然風のように去っていった娘に、言葉もなくただ呆《ほう》けたようにたちつくすだけ。

母親は自分の娘の芯《しん》の強さを知っている。そして中途半端《ちゅうとはんぱ》なことを決してしないということも。彼女の表面《おもてづら》だけの善の心はズタズタに切り裂かれていた。

細かく震えるその後ろ姿には、とてつもなく深い悲しみと、取りかえしのつかないことをしてしまったという悔いが、べったりと張りついていた。

家を出たもう一つの大きな理由は、果たしてこんな社会でいいのだろうか……　……？　という今の社会に対してジェニファーが抱《いだ》きつづけてきた深刻な懸念。

彼女のこの懸念は、特に環境問題に無関心な人々に向けられている。

環境破壊は、同時多発的に地球規模でおこっている。

地球の二大酸素供給地帯ともいわれる、アマゾンの原生林、東南アジアの熱帯雨林が、人間の強欲《ごうよく》のために、大規模な焼き畑農業や、無秩序な乱開発等によって消滅の一途《いっと》をたどっている。

生息環境を奪われた絶滅危惧種は急激に増加し、野生の生き物たちはもう何十年も前から、沈黙の悲鳴を上げつづけている。

それだけじゃない……！

自然に無関心になった人間の生活行動そのものが、地球が温暖化するという現象を生みだし、さらなる極地の環境悪化、それにともなう気温上昇を引きおこしている。

未曽有《みぞう》の大災害、ひんぱんに襲いかかるスーパー台風、集中豪雨による一級河川《かせん》の氾濫《はんらん》、熱波や寒波などが、その極地での環境破壊と見えない世界で密接に結びついている。

パキスタンやバングラデシュなどのような洪水、水害に弱い貧しい国々では、以前には想像もできなかった、河川《かせん》の大氾濫《はんらん》がひんぱつし、その結果、大切な人の命が流され、長年住み慣れた家も濁流《だくりゅう》に呑《の》まれていく。

避難《ひなん》時の混乱で一人残された幼子《おさなご》が、流されていく家の屋根に上がって泣き叫び、救いを求めている。

近くの小高い丘で、泣き叫びながら流されていく我《わ》が子を見て、狂ったように周囲に助けを求める母親の姿。誰もが助けたいと思っている、でも周囲の人々は母親が濁流《だくりゅう》にとび込むのを必死で押さえつけるだけ。

濁流に流されていく幼子《おさなご》を助けるすべは、もうなにもない。周囲の人にできること、それは母親を押さえつけることだけ。手を離せばこの母親の命も濁流に呑み込まれる。

それは周囲の人々にとっても究極《きゅうきょく》の選択《せんたく》。

悲しいことに、こんな悲惨《ひさん》な光景が今では珍しくなくなった。

このまま人口の急増、温度の上昇を抑止することができなければ、水害に強いとされる先進国の人々がきわめて近い将来に、この光景を自分の目で目《ま》の当たりにすることになる。

だれしも生きているうちには絶対見たくなかった悲しすぎる光景。その光景が夕食時にテレビで普通に見られる時代になった。

なにかがおかしい……、ジェニファーはずっとそう思いつづけている。

今日動かなければ明日には、テレビが映し出す光景のように、自分の大事な人たちの命が、住み慣れた家と共に流されていく。

それでも多くの人々は無関心。テレビの中の悲劇は他人のこと。流されていく幼子《おさなご》は他人の子供。

それでいいのか……？

他人の子供であれば流されて行っても、心は痛まないのか……？

人の世には、決して忘れてはいけない心の痛み、もあるのだ。

ジェニファーは確信している、野生の生き物たちが死に絶えていくことと、子供たちの命が奪われることとは、同根の問題だと。

もし人々が、野生の命に関心を持ち、それを大事にしようと思えば、それは結果的に自分たちの大事な人の命を救うことにつながる。

このことに気づこうしない乾《かわ》いた心の、利益以外には無関心な輩《やから》が増殖《ぞうしょく》し、社会のリーダーとなり、子供たちの純粋な心を汚染し、いびつな社会を醸成《じょうせい》している。

ジェニファーの思いは、人の命を救うには、また環境破壊を止めるには、無関心という心の砂漠から抜け出すこと。

そのためにも、子供たちには無関心の種じゃなく、情操《じょうそう》（豊かな感情を育《はぐく》むこと）の種を蒔《ま》くこと。未来を担う子供たちに、環境破壊から自然を守る感情がなくなれば、未来は救いようのない闇に閉ざされる。

『文明の前には森林があり、文明の後には砂漠が残る』

という言葉を、以前ジェニファーはなにかの本で読んだ。

環境破壊とは無縁《むえん》の二百年も前に、すでにフランスの政治家がこの意識を持ち発言して
いたことに、心底《しんそこ》驚いた記憶が今でも鮮明に残っている。

この言葉は単に自然の描写をしただけのものじゃない。

文明は人の生活を豊かにし便利にしている。

しかしその代償《だいしょう》として、心の中に〝欲〟という貧しさを生み、大地を雨の降らない砂漠に
変え、その貧しい心が森林を破壊し、結果として多くの人々を死に追いやる大元になる。

この言葉の裏には利己的な人間に対する、千金の重みを持った警告が横たわっている。

だがその警告は二百年前とは比べものにならないほどに巨大化してしまった。

以前の「公害」と呼ばれた手ぬるい痛みじゃなく、今や大切な人々の命を奪い、多くの
家屋を濁流で流し去る、極限の痛み「大災害」という姿になって人間に迫ってきている。

この深刻な状況を改善するには、壊《こわ》れた大人たちを修理するよりは、心豊かな子供たち
を作る方が、確実に明るい希望へ至る道、ジェニファーはそう信じ動こうとしていた。

　今までは俗物的《ぞくぶってき》な父親の庇護《ひご》のもとの生活。その人生で、

（自分は幸せだったのか……？　本当はなにをしたかったのか……？　根元の部分から自分を見つめなおしたい……！）

その切実な思いに駆られて家を出た。中でも特に大きな部分が、自分たちや、未来の世代に大きく影響してくる、環境問題に対しての深刻な懸念。

環境を破壊しつづける人間の欲と、どう向き合えばいいのか……、その迷いの中で、気持ちの整理がまったくついていなかった。

頂点にたつ法律家として、長年生きてきたテッド・ウォーケンの娘を見る目には一分《いちぶ》の狂いもなかった。

ジェニファーは、優秀な頭脳をもつ、研《と》ぎすまされた鋭い感性の持ち主。

父親の誤算は、その研ぎすまされた感性が、父親の望む俗物的な方向ではなく、その真《ま》逆《ぎゃく》の方向へ走り出して行ったということにあった。


彼女の持つ、この意識がジョッシュ・ドーソンが熱心に読んでいた〝北極海の環境〟という本の題名に彼女を引き寄せていた。

ジェニファーは新たな目で若者を見ていた。

まさか自分と同じように環境に関してここまで熱心に勉強しようとする若者に、こんな極北の地で会うとは思いもしなかったからだ。

ジェニファーはジョッシュをしばらく見ていたが、彼から声をかけてくる気はなさそうだ。今まで自分から若い男に声をかけたことはない。

しばらくは自制していたが、やがて好奇心が自制心を上《うわ》まわる。

ジェニファーは席をたち、ジョッシュの前にくると、

「この席いいですか……？」

と、声をかけた。ジョッシュは顔を上げると辺りを見まわした。ガラガラの図書館だ。ここに座らなくても席はいくらもある。それでもジョッシュは白い歯を見せると、

「よろしければ、どうぞ……」

と答えた。次のジョッシュの言葉は思いがけないものだった。

「実はあなたが昨日《きのう》エポーに着いた時から気づいていました……」

ジェニファーが意外そうな顔をしてジョッシュを見ると、彼はつづけた。

「あなたみたいな若い娘さんがこんな最果ての、エポーのような町にくるなんて今までになかったことです。みんな思いますよ、何かあったんじゃないかって……。だからそんなあなたの邪魔にならないように、また旅の思い出を台無しにしないように、声をかけるのを控えていたんです……」

彼女の心の奥でなにかが動いた。自分と同世代の若者に、こういう分別《ふんべつ》のある言葉をかけられたのははじめてのこと。

サンフランシスコでは、カフェに一人で入ろうものなら、若い男の無遠慮《ぶえんりょ》な視線がすぐにつき刺さってくる。そしてだれかがダメで元々《もともと》という風に声をかけてくる。

そういう経験しか持たない彼女にとって、この分別のある言葉は胸にしみるものがある。思わず正直な思いが口をついて出る。

「優しいんですね、あなたは……」

その言葉に、ジョッシュはすぐに反応した。

「当然のことでしょう……、少なくともこの町では当たり前のことです。死んだ親父《おやじ》にも三歳のころからいつも言われていたもんです、自分のされたくないことを人にしてはダメだ。そういうことをする人間は本当の意味で、卑怯者《ひきょうもの》なんだ……、ってね」

このジョッシュの言葉に、ジェニファーは口にすべき言葉を失った。自分の住んでいた世界とはあまりにも違いすぎる。

彼の言う通り、それは当然のことかもしれない。だがその当たり前のことを、行動に移せる人間が、今世間《せけん》にどれほどいるというのか……？

彼女の知っているほとんどの人間は、無遠慮な視線を持ち、父親テッド・ウォーケンを讃《たた》えるような俗物的な人々ばかり。

　この町では本当にそれが当たり前なのかもしれない。ホテルの支配人、司書の言葉の端々《はしばし》にもその思いやりがある。

　そう考えていたジェニファーに、突然ジョッシュの声が割り込んでくる。

「ところで、何か聞きたいことがあって僕に声をかけたんじゃないんですか……？」

　彼の言葉でふっと、我にかえると、聞きたかったことが口をついて出た。

「なぜ北極海の環境のことを、そんなにも熱心に勉強しているんですか？」

　ジョッシュの表情に一瞬暗い陰《かげ》が走る。が、彼は瞬時にその陰を消すと、笑みを浮かべて答える。

「実は僕の親父《おやじ》は漁船の船長をしていましてね、その船が北極海の荒波の中で遭難《そうなん》したんですよ。乗組員七人と共に亡くなりました。全員、遺体のない葬式になりました……」

　ジョッシュは遠くを見るような目で一度話を切ったが、そのままつづける。

「親父は慎重な人でした。決して無理をするような人じゃなかった……。ここの海は荒れますからね。乗組員にも家族がいる……、と言いながら、いつも天候と相談しながら船を出していたもんです。なにか異常なことがおこったんだと思います。だから今の北極海の状況を詳しく知りたいと思って調べているところです。今は僕も船に乗っていますからね……、それに親父に実際になにがおこったのか、も知りたいですしね……」

ジョッシュにも北極海でなにかがおきようとしていることは分かる。沿岸で暮らしているのだ。その変化は嫌でも目につく。

例えば、町の古老《ころう》たちが話しているように、海水面が以前に比べて明らかに上がってきていることもその一つだし、なによりも海氷が現れる時期が明らかに遅くなっている。

だがそれはこの土地に住んでいればだれにでも分かる変化。

北極海の奥ではもっと激しい変化があるはずだ、父親はそのために死んだ……、とジョッシュは考えていた。

それを調べることは、父親の死の原因を知るだけでなく、今でも漁《りょう》をつづけている人々の生死につながる問題にも灯《あか》りを点《とも》すことになる。そのためにジョッシュはこの問題を熱心に調べつづけていた。

以前は北極海で波が形成されることはなかった。常に海氷におおわれていたため。だが温暖化が進むにつれて海氷が融《と》け海が現れてきた。

海が現れれば悪循環《あくじゅんかん》を生じる。

海の暗い色はより多くの太陽光を吸収し、気温を上げる。温度差によって生じた風は波を作り海氷を砕くようになる。

それがより大きな海面を出現させる原因になり、それだけ多くの太陽光を吸収することになる。それがさらなる温度の上昇につながり、より強い風を生みだし波を高くする。

この長年の悪循環《あくじゅんかん》のために近年は五メートル以上の波が観測されるようになっている。北極海は以前とは比べものにならないほどに荒れた海になった。

この五メートル以上の高波と暴風雨が重なれば、漁船などひとたまりもなく海の藻屑《もくず》と消える。波頭から波底までの距離を測れば、波の高さは倍近くなるのだ。

だがジョッシュは、父親の経験に裏付けられた慎重さと操船《そうせん》であれば、この状況でもなんとかのり切れたのではないかと思っている。

最悪の状態であっても想定できる。想定できれば手は打てる。

色々な状況を調査した末のジョッシュは、父親の死は、手の打ちようのない三角波との遭遇《そうぐう》だった、と考えるようになっていた。

暴風域では異《こと》なった方向から生じる波がまれに生じる。それが互いに出あえば、波頭《なみがしら》が天をつくような三角の波形を生じる。

波が高くなったまま出合ってしまえば、その波は五メートルもの三角波になり、船はその状態で巨大な波につき上げられる。

どんなに優《すぐ》れた船長でも暴風雨の中で、五メートル近い三角波に突き上げられれば操船不能におちいる。もはや打つ手はない。

ジョッシュは一連の調べで、確たる証拠はなかったが、父親の死は解明できたと思っている。予測不能な三角波にしか父親の命は奪えない、と直感的に思えたからだ。

それほどに父親の操船技術に対する信頼には強いものがあった。

ジェニファーは、極北の海でおこっている現在の事象《じしょう》を淡々と語るジョッシュの話を聞いているうちに、自分が最大の関心を抱いている環境の問題が、この土地ではすでに人々の生活を脅《おびや》かし、そして命さえも奪っていると強く感じていた。

その感情とともに、自分の落ち着く場所は、このエポーの町ではないのか、という意識がふつふつと湧き上がってくる思いを抑《おさ》えられなくなっている。

こんな心地《ここち》になったのはサンフランシスコを出て以来、はじめてのこと。

しばらくはこの町に腰を落ち着けよう、とジョッシュとの話を終えた彼女は決めていた。

この町に住めば環境の変化が否応《いやおう》なしに見えてくる、そして自分の生き方も自《おの》ずと決ってくるだろう、そう思えたからだ。

興味の対象が同じだということは、それだけで人と人との距離を近くする。

その上にジョッシュは荒海で漁をするという職業からは想像できないほどに、だれに対しても優しい若者だった。

もし自分にだけジョッシュが優しければ、彼を信用することはなかった。そういう若者は大都会には掃いて捨てるほどいる。彼は年寄りや、子供たちに特に優しかった。

当然周りの人々は好意の目でジョッシュを見ることになる。特に子供の直観力は鋭い。

そういうジョッシュに対して自分を守る盾《たて》は、もはや彼女には必要なかった。

ジェニファーとジョッシュとの距離は急速に縮《ちぢ》まり、知り合って一年経って二人は結婚した。家庭的には恵まれない二人だった。

ジェニファーは経済的には何不自由のない生活を送っていたが、精神的には満たされない中で育った。ジョッシュは早くに両親を失った。

それだけに二人にはお互いの存在しかなかった。その関係はお互いに対するいたわりと敬愛の上に立ち、隙間《すきま》は深い愛情で、余すところなく埋められていた。

言葉には言い尽くせないほどの幸せに彼女は包まれていた。

やがて彼女は身ごもった。ジョッシュは彼女が妊娠《にんしん》したことを知ると、船を降《お》りることを決めた。船にのっていれば、万が一、ということもある。

北の荒海での操業は死と隣り合わせの日々になる。生まれてくる子供に、父親のいない自分のようなさびしい思いをさせたくなかった。

愛する妻子のために海を捨てることなど、彼にとってはなにほどのことでもない。ジョッシュはやっと掴《つか》んだこの幸せはなにがあっても守りぬく、といった気概《きがい》を見せていた。

船を降りたジョッシュは組合長の補佐として漁業組合の実務を受け持つことになった。

船はすべて組合が所有し、出港計画などのスケジュール管理も組合が作り、組合が船長を指名して乗組員は船長に選ばせる、という内容でエポーの漁業組合は成りたっている。

船を降りたジョッシュにとっては、それまでには考えられなかったほどの平穏《へいおん》な毎日がつづいている。

と同時に愛する人と暮らす生活がこれほどの幸せをもたらすものなのか、ということをあらためて教えられる充実した日々にもなっていた。

だが、『禍福《かふく》は糾《あざな》える縄《なわ》の如《ごと》し』といわれるように、幸せは長つづきしないものらしい。

ある日を境《さかい》に潮目《しおめ》が変わった。

その日、真夜中にドアをたたく音でジョッシュは目ざめた。

「ジョッシュ、ジョッシュ……」

と、ひそやかに呼びかける声がする。時計を見ると午前二時をまわっている。

（こんな時間に、だれだ、一体……）

とつぶやきながら、ジョッシュがドアを開けると、たっていたのは幼馴染《おさななじみ》のジョージ。

実は……、と言いながら、涙を流して話しだしたジョージに彼は驚いていた。いつもは冗談ばかり言って、彼を笑わせているジョージとは真反対の人間がそこにはいた。

「母《かあ》さんが死んじゃうんだよ……」

父親はジョージが三つの時に亡くなった。それ以来苦労しながら母親一人でジョージを育ててきた。やっとジョージが母親に楽をさせてやれると思ったときに病《やまい》に倒れた。一年ほど病床にあったはず。

「ここ二、三日がヤマ場だと医者に言われた……」

そこまで聞いたジョッシュは、ジョージが真夜中にドアをたたいた理由に思いがいたった。たしかジョージの乗る船が明日出船のはずだ。

出港すれば二週間ほどは帰ってこれない。漁船のスケジュール管理をしているジョッシュにそのことが閃《ひらめ》いた。

「船が明日出るんだよ……、死にかけているお袋《ふくろ》をそのまま置いていくわけにはいかない……。ジョッシュ、今回だけ、なんとか今回だけ代わってもらえないか……」

ジョッシュにはジョージの思いが痛いほど分かる。

父親を早くに亡くし、母親は女の細腕一つでジョージを成人した今日まで、必死になって育ててくれた。その自分の命より大事な母親を、それも生死の間をさまよいつづけている母親を、残していけるはずがない。

だが、船は明日出るのだ。機関士であるジョージがいなければ出船できない。機関士には資格が必要。ジョッシュもその資格を持っている。

それにジョージはジョッシュがジェニファーのために船を降りた、ということも知っている。それを知った上で頼みにきている。

ジョージにとっては、ジョッシュに頼むことは苦渋《くじゅう》の選択、それもこの午前二時という時刻を見ても分かるように、最後の選択だったはず。

「今回だけ……、なんとか今回だけ……」

という言葉に、そのジョージの切羽《せっぱ》詰まった、やり場のない苦しさが読み取れる。

ジョッシュもつい最近までは船に乗っていたのだ。ジョージの、また他の乗組員の追い詰められた気持ちも痛いほどに分かる。

ジョージへの返事は一言だった。

「お前の命より大事なお袋さんだろ、お袋さんについててやれよ……」

この状況でジョッシュには、断る、という選択はなかった。

ジェニファーには、ジョージの事情を説明して、今回だけ、という約束で引き受けた、という旨《むね》を話した。話を聞いた彼女の返事は、

「あなたの判断に、なんの異論《いろん》もありませんわ……」

この一言だけ。口に出すことはなかったが、彼女の気持ちの中には、最悪の状態に対する覚悟はすでに備わっていた。

ジョージの追い詰められた話を聞いた彼女も、その結果、もし死という返礼をジョッシュが神から賜《たまわ》ったとしても、それでもこの話は人として受けるべきだ、と思っている。

彼女はそこまでを考えられるほどに強く、また聡明《そうめい》な女性だった。

予定通りにジョージの代わりにジョッシュが乗り込んだ船は出港した。

それから一週間ほどは天気も穏やかで平穏な日々が過ぎていた。

ジェニファーも揺り椅子に背中をあずけて、ジョッシュの無事を祈りながら、生まれてくる子供の手足をくるむ毛糸の小さな手袋と靴下を編むことで時を過ごしていた。

それは出港してから十日目の夜のこと。

激しい風がエポーの町の電線をヒュー、ヒューと鳴らし、時折窓ガラスをカタカタと鳴らしながら吹き抜けていくような荒れた空模様《そらもよう》だった。

その夜、ジェニファーは夢を見た。

ジョッシュがさびしそうな顔をして、だれもいない白い光におおわれた道を一人で歩いている。彼女が声をかけても、彼が振り向くことはなかった。

そのまま彼は白い光の向こうへ去ってしまった。

いやな夢だった。いつものジョッシュであれば、必ずジェニファーの声に対しては、あの人懐《なつ》っこい笑みをかえしてくれる。

ジョッシュはよく言っていた、エポーがこういう荒れた天気であれば北の海はかなりの時化《しけ》（強い風雨で海が荒れること）に見舞われている……、と。

そういう話を聞いていたから、天候に過敏になっていたのかもしれない。

それが夢になったのだろう……、と心配で眠れなくなった自分にそう強く言い聞かせると、彼女は再びベッドにもどった。

だがジェニファーに眠りが訪《おとず》れることはなかった。まんじりともせず彼女は朝を迎えた。

その日の夕方のことだった。船と連絡が取れなくなった、と町のうわさで聞いた。

そしてその日の夜遅くジョージが家を訪れた。

「船と連絡が取れなくなったので、捜索《そうさく》のために新たな船を出すことになりました。その船が二日後に帰るので、希望を失わずにそれまで待っていてください……」

と沈痛《ちんつう》な表情でジョージに言われた。

覚悟していたとは言え、ジェニファーは大きな動揺《どうよう》と不安にさいなまれた。

彼女はなにも考えたくはなかった。考えれば考えるほど悪い予感が次から次へと湧き上がってくる。その思いから逃げるため、ひたすらに赤子のため肌着を縫《ぬ》いつづけていた。

そうした日が二日の間つづく。三日目の夕方、ドアの前に二人の男の姿があった。

ドアをノックする音が聞こえると、ジェニファーは大きなお腹《なか》を抱《かか》えて、表情を消したままドアを開ける。

そこにいたのは組合長のトンプソンとジョージ。

「残念です……」

との組合長の一言《ひとこと》で、彼を見つめていたジェニファーの表情のない顔に赤みがさし、そして急にスーッと血《ち》の気《け》を失うと、白っぽい顔に変わった。

「沈んだと思われる船の残骸《ざんがい》の一部が見つかり、乗組員はすべて行方不明《ゆくえふめい》です……」

組合長はやっとの思いでそれだけを伝える。ジョージは隣にたったまま、固く握りしめた両手を震《ふる》わせてうつむいていた。

ジョッシュは自分の代わりに死んでしまった……、そう思うジョージに、ジェニファーにかけられる言葉はない。

「ごくろうさまでした……」

ジェニファーは眉毛《まゆげ》一本動かすことなく、表情を消した能面の顔をしたまま、冷静に組合長の労をねぎらい静かにドアを閉めた。

彼女のねぎらいの言葉に、組合長の心に思いもかけない違和感《いわかん》が生まれていた。

大方の家では、この不幸を告げると泣き崩れるか、または自分が責められるか、のどちらかだった。ジェニファーはそのどちらでもなかった。

組合長はふと考えた。

仲はとてもいいと思われていたジョッシュとジェニファーの夫婦だったが、実のところは、他人が見るように、そう仲がいいとも言えなかったのかもしれない……、と。

そうであれば、冷静に対応していたジェニファーの姿にも納得《なっとく》がいく。

そう思って、やれやれ……、というように首を振りながら、組合長がドアに背を向けて、五、六歩ほど家から離れた時だった、

「ワァーーーッ……　……」

という、叫《さけ》び声にも似た、また悲鳴《ひめい》にも近い、腹の底から絞《しぼ》りだすような悲痛な泣き声が、締められたドアを通して、背を向けて歩き出していた組合長の耳に届いた。

組合長は首だけをまわして振りかえった。その絶望の底から湧き上がるような、悲鳴にも似た泣き声を聞いた瞬間、彼ははじめて自分の大きな誤《あやま》りに気づいた。

ジェニファーは、言葉にも言い尽くせないほどのやり場のない悲嘆《ひたん》を、必死で心の中に閉じ込めていたのだ。

あまりにも悲しすぎるその思いが、涙を忘れたあの白い能面のような顔を作っていた。

それは、多くの悲しみを、その歳に重ねてきた組合長でさえも想像できないほどの、ジェニファーの心の奥底から湧き上がってきた、とてつもなく深く、大きな悲しみだった。

それに気づいた組合長の両目からは、やがて大粒の涙があふれ落ちてきた。

彼はジェニファーの、ジョッシュに対しての限りない愛の深さを、その悲鳴にも似た泣き声を通して知らされていた。

しばらくの間、組合長に口に出せる言葉はなかった。やがて気を取り直した彼は、後からついてくるジョージの足音がないのに、ふと気づく。

親指と中指を両目に当てながら振り向くと、その目に映《うつ》ったのは、沈黙したまま腰から地面に崩れ落ちていたジョージの姿。

ジェニファーの、あの悲鳴のような泣き声が、何とかそれまで悲痛《ひつう》と後悔《こうかい》に耐えていたジョージの心を微塵《みじん》に砕《くだ》いたようだ。

組合長はなぜジョッシュがジョージの代わりに船にのったか、を知っている。彼は大きな右手でジョージの肩を、言葉を出すこともなくギュッと掴《つか》む。

ジョージの悲嘆を洗い流せるのは涙しかない。いや、涙でも彼のこの苦しみと悲しみは洗い流せはしないだろう……。

（可哀そうだが、ジョージはこの心の重荷を背負って、今からの人生を歩いて行くことになるだろう……）

そう思いながら、体全体《からだ》を震《ふる》わせて首《こうべ》を垂れたまま、ジョッシュとジェニファーに許しを乞《こ》うているジョージを、その場に残したまま組合長は次の家へと向かった。

多くの年輪に悲しみと苦しみを刻《きざ》み込んできた組合長には、

（自分の代わりにジョッシュは死んだ……）

と思うジョージの心にのしかかる悲痛と悔恨は、手に取るように理解できる。が、それはまたジョージにしか解決できない問題であることも理解していた。

いっぽう家の中では、ソファーにもたれハンカチで顔をおおいながら、一人むせび泣くジェニファーの声がいつ果てるともなくつづいている。

その脳裏には、白い光におおわれた道を一人歩いてジェニファーに別れを告げにきた、あのジョッシュのさびしそうな横顔が浮かびあがっていた。

ジェニファーは、十年前のあの日のことを昨日《きのう》のことのように鮮《あざ》やかに覚えている。あの日ほど悲しい日はなかった。半日ほど涙に暮れていた。

彼女があの時思っていたことはお腹《なか》の赤子のこと。ジョッシュはこの子の中に生きつづけていく……、という強い思いだった。

ウィリーも、今はもう十歳。手をかけなくても今からは育っていく。これからはウィリーの真っ白なキャンバスに絵を描いていくだけ。

サンフランシスコを出てこういう心地《ここち》になったのははじめて。

今までは幸せな時もあった。が、常に何かに追われているような心地《ここち》を共にしていた。

そこにはいつも、自分はどうして生きていけばいいのか？　という若いころからの心の葛藤《かっとう》があった。

三十三歳になった今、エポーの町で暮らしウィリーという子供にも恵まれ、豊かな自然の流れの中で生きている。

これでいいのだろう……、という気分が、ようやく心の中に居座《いすわ》ったような気がしている。ウィリーが成人してからは時間ができる。

その先《さき》の人生で、彼女のライフワーク、自然環境に関する子供たちに向けての本を書ければ……、との思いが、じわっと心の襞《ひだ》の奥からしみ出るようにジェニファーの中に生まれている。

子供の心が動かなければ未来は変えられない。本は子供の心を動かすことができる。

長い時をかけて、やっと答えを見出した、という安堵《あんど》が、はじめて心の余裕というものを運んできてくれたようだ。
母一人、子一人の時間は、エポーという町で静かに穏やかに過ぎていく。

第二章　ホープとの別れ

ポーラーベアーの親子は流氷の待つ沿岸への旅をつづけている。獲物《えもの》をとれない中での長くつらい旅。一寸先《いっすんさき》も見えない、猛烈《もうれつ》なブリザード（地吹雪《じふぶき》）に遭遇《そうぐう》したことは何度もあった。

子ぐまたちはまだ寒さに弱い。強風の吹きさらしの中では体温が奪われ死にいたる。そんな時、母ぐまは急いでくぼ地を見つけ、そこをさらに深く掘り下げて、その中で子供たちを胸に抱き、自分が風よけになり一昼夜を過ごす。

そういう旅の後で、ようやく巣穴から出て約三週間後の四月初めに、目指《めざ》してきた海辺が見えてきた。

だが子ぐま二頭に与える母乳は徐々《じょじょ》にうすく、少なくなっている。母親の気持ちにも焦りの色が日に日に濃くなっていく、そういう矢先の目的地到着。

この状況で獲物になるアザラシがいなければ、飢え死にが目に見える形で迫ってくる。実際そうやって餓死《がし》するポーラーベアーの子供たちも少なくない。

母ぐまは遠くに連なる海岸線を見わたす。小さく二組の親子の姿が見える。

だがその二組ともに連れている子ぐまは一頭だけ。さらに一頭の大きなオスぐまの姿も異《こと》なった場所に見ることができる。

二組の親子ともにオスぐまからは用心してかなりの距離をとっている。

次に、母ぐまは三百メートルほど離れた海に浮かぶ流氷の一つに目を移した。母ぐまは大きく安堵《あんど》していた。

直径三十メートルはありそうな円形の流氷上に、黒い点のようなアザラシの親子の姿が見える。そういう形や大きさの異なる流氷があちらこちらに浮き、その氷上には黒い点のようなものが動きまわっている。

予期していたようにアザラシたちは子育ての真っ最中。海辺の岩場はまだ雪におおわれたまま。母ぐまは雪に埋もれたその中の岩場の割れ目の一つに、二頭の子供たちを器用に隠す。雪の下の岩の割れ目に隠れると、子供たちから鳴き声が消えた。

生まれついての能力で子供たちも知っている、母親のいない間、もし鳴くことがあれば、それは命の危険に直結することを。捕食者はどこに潜《ひそ》んでいるのか分からない。

母親は子供たちのもとを去ると静かに海に入っていく。三百メートルも離れていれば、迫る危険をアザラシも感知できない。

ポーラーベアーは泳ぎが得意だ。約百六十キロを休みなしで泳ぎつづけた、という記録も残っている。

前足には小さな水かきがつき、後ろ足で器用に舵《かじ》を取りながら泳ぐ。首が他の熊よりも長いのは泳ぐために進化したもの。

時によっては、アザラシを追って長距離を泳ぐ必要も出てくる。そのために皮膚の下の脂肪は十センチほどの層をなし、冷たい海水温を感じることもない。

だがその能力のために稀《まれ》にシャチに襲《おそ》われることもある。それほどの泳ぎの名手だ。三百メートルの距離などなんの苦もない。

鼻と眼だけを海面上に出し、流氷の位置を確認しながら、波一つたてずに流氷に近づいていく。五十メートルほどに近づくと体全体を静かに海中に沈めた。潜水して流氷の向こう側の縁《へり》に取りつこうとしている。

この辺りのアザラシの天敵はポーラーベアー。本能的に陸地方向からの危険に備えている。それを経験で知っている母ぐまは、その裏をかこうと潜水した。

海中でも三分ほどは優にもぐれる能力を有する。八十メートルを潜水するなど、雑作《ぞうさ》もないこと。

母ぐまは、陸地とは反対側の流氷の縁《へり》に出ると、少し流氷から離れ、音をたてないように用心し、海面から静かに眼だけを出し、あらためてアザラシ親子が休んでいる場所を確認する。アザラシ親子はまったく気づいていない。

なんの警戒もせずに、氷上でのんびりと寝そべったまま。

それまでは、一切の水音を消して忍び寄っていた母ぐまだった。が、流氷に近づき、太い前足をそっと流氷の縁《へり》にかけると、大きな水音をたて一気呵成《いっきかせい》に氷の上に躍《おど》りあがる。

大きな水音と共に突然現れたポーラーベアーを見ると、母アザラシはその置かれた状況に驚愕《きょうがく》しパニックにおちいる。そして子どもを見捨てて逃げようとする。

母アザラシは瞬時にそして本能的に感じ取っている、この状況で子供を救うことはすでに無理。であれば、自分だけは生きのびて種の保存を図《はか》るべきだと。

これは生き物に与えられた本能。その本能に母アザラシはしたがっていた。

だが賢いこの母ぐまは、彼女の独特の狩りの能力を発揮《はっき》している。

逃げる母アザラシを猛然《もうぜん》と追いかけた。そして別の角度から海中に逃げ込もうとする直前の母アザラシの背中に、前足の鋭い爪を打ちこみ、引きずり寄せてしとめた。

大方のポーラーベアーであれば、苦労して動きの速い母アザラシを追いかけずに、確実にしとめられる動きの鈍《にぶ》い子アザラシを襲う。

だがこの母ぐまは実に賢かった。

子アザラシは単独では生きていけない。母親がいなくなってもこの場所から離れることはない。離れることは必ず訪れる死を意味する。

だから母ぐまは母アザラシを食べた後、戻ってきて今度は子アザラシを捕食する。

自然は、生きるためという目的があれば、それがいかなる死であろうと容認する。

母ぐまは二頭の子供たちを育てるのだ。食べられるときに食べておかなければ、子供たちを餓死《がし》させる。

餓死するポーラーベアーの子供たちは少なくない。アザラシの親子は、この母ぐまと二頭の子ぐまにとっては命をつなぐ大切な食料になっていた。

母ぐまは冬眠中の子育てと、それに伴《ともな》う体力の衰弱《すいじゃく》をおぎなうのに余りある食料に、最初の狩りで恵まれた。

今や母ぐまの体内には豊富な脂肪がたくわえられ、生まれた最初の年に子供たちが飢え死にする心配からは解放されている。

海辺に着いた最初の日にこんな獲物にありついたことなど、今まではなかった。さらに今年は運のいいことに、アザラシの姿が多く見られる。

獲物に恵まれた年であれば、腹を空《す》かせたオスぐまが子供たちを襲うこともないだろう。母ぐまは満足していた。彼女にとってはお腹《なか》が一杯になるほど幸せなことはなかった。それが子供たちの幸せにつながる。

（グゥ――、グゥー……）

という低いがよく通る鳴き声で子供たちを呼ぶと、二頭の腹を空かせた子ぐまたちが、白い縫いぐるみのような姿で、かけつまろびつ走り寄ってくる。

そしてすごい勢いで母ぐまの乳首《ちくび》にむしゃぶりつく。

昨日までと違い、濃いあふれ出るような乳に子供たちは夢中になっている。母ぐまは満足そうにまどろんでいる。

今という時間を必死で生きている母ぐまは幸せだった。一週間先は分からない。来年のことなんて考えることさえできない。今日の子供たちの満ち足りた顔を見ていると、それだけで満足。それ以外に欲しいものはなにもない。

白い雪に抱《いだ》かれた母ぐまと、満ち足りた二頭の子ぐまたちは、虹色の輝きを放っているノーザンライトのもとで穏《おだ》やかな眠りに包まれていた。

十歳になったウィリーは白い犬と広い裏庭を駆けまわっている。

白い犬の名前は『ホープ』。十歳になるオスのハスキー犬。白い色は突然変異で生じた、色素《しきそ》をうすくするアルビノ現象のため。

アルビノは他のさまざまな生き物、例えば、人やライオン、トラなどにも現れる。

だが自然界でのアルビノ現象で白化《はっか》した生き物は、その多くが大人に成長する前に捕食される。

子供に唯一与えられた防衛手段は、周りの自然の色に溶《と》けこんで捕食者の目をくらますこと。アルビノになれば、保護色ではないために隠れることができない。

六匹産まれた子犬のうち、最後まで貰われずに残ったのがこの白い犬。みんなには気味が悪いという理由で敬遠されたと聞いた。

子犬が産まれたら一匹譲《ゆず》ってくれるという約束を取りつけていたジョッシュは、そのことなどまったく気にすることなく友人からこの白い子犬を譲り受けた。

気味が悪いと言われようが、この子犬にはなんの罪もない。

抱きかかえられた子犬は鳴きもせず青い澄《す》んだ眼でジョッシュを見つめていた。本来は褐色《かっしょく》の眼をしているのだが、アルビノの影響は眼にも現れているようだ。

この子犬は他の子犬のように鳴きもせずにジョッシュに黙ってその身をゆだねている。まるで生まれながらにして、自分の置かれた逆境《ぎゃっきょう》を知っているかのように、ジョッシュの目には映《うつ》っていた。

彼の直感は告げていた、この賢そうな子犬であれば産まれてくる子供のいい遊び相手になるだろうと。

自分は一人っ子で育った。ジョッシュには子供にそういう淋しい思いをさせたくないとの強い思いから、この子犬を譲り受けた。

ジェニファーにとってもこの白い子犬の存在は大歓迎だった。

ジョッシュがたまに家を仕事で留守にすることがあっても、この子犬がいれば気がまぎれる。この時のジェニファーはジョッシュがジョージの代わりに船に乗るということなど、夢にも思っていない。

ジョージが真夜中に家の戸を叩いたのは、子犬が家に来てから一週間後のこと。ジョッシュはジェニファーと子供、そして子犬を残して逝《い》ってしまった。

この子犬はジョッシュの忘れ形見《がたみ》になった。

名前もジョッシュの強い思いから『ホープ』にした。産まれてくる子にジョッシュが『希望』を託《たく》したからだ。その子の遊び相手であれば『ホープ』という名がもっとも相応《ふさわ》しい。

ホープは四肢《しし》が異常《いじょう》なほどに発達している。

「この子犬はかなりの大型犬になるぞ」

と、ジェニファーはジョッシュから聞かされていた。

その予想通り、ホープは仔牛《こうし》ほどの大型犬に成長し、ウィリーが歩いて行く先々につきしたがった、まるでウィリーを守るのが自分の役目だと言わんばかりに。

ジェニファーに対しては絶対服従の姿勢を常にとっていた。彼女はホープに、生きる糧《かて》である餌《えさ》を用意してくれる。ホープにとってはジェニファー以上の存在はない。どんな生き物でも、愛情には敏感に反応する。ジェニファーの深い愛情はホープにも伝わっていた。

ジェニファーには三年前に、恐怖に心臓を鷲《わし》づかみにされたような記憶がある。十月下旬、秋の深まったその日は間断なく小雪が舞っていた。お昼を少しまわったぐらいの時刻だったろうか……。

ジェニファーとウィリーは昼食を済ませ、七つのウィリーは、五センチほど積もった雪の中、裏庭で小さなスノーマン（雪だるま）を作って遊んでいた。

ホープはジェニファーに作ってもらった餌を食べている。

ジェニファーは一心不乱に、皿をカタカタさせて夢中で餌《えさ》を食べている大きなホープの姿を見るのが好きだった。

が、食べている最中に、ホープの食べる動作が突然止まった。

（今までにこんなことは一度もなかった……）

とジェニファーが思ったのもつかの間、低い唸り声を上げ、脱兎《だっと》のごとくホープはドアの底部に開けられた、犬用の出口から裏庭にとび出していった。

その直後、ウィリーの火がついたように激しく泣き叫ぶ声が裏庭から聞こえてきた。

窓ガラスを通してみると、ホープと同じほどの体構をした二頭の大型の野犬が、牙をむき出しにしてウィリーに迫っている。

そこに白い大きな塊《かたまり》がとび込んでいった。ホープだ。

ジェニファーは驚きのあまり、一瞬金縛《かなしば》りにあったように動くこともできず、窓ガラスに鼻をくっつけるようにしてその光景を見守るしかなかった。

ジェニファーは以前、ハンターが猟犬を連れてきて、獲物をとれなかった時に、その腹いせに猟犬を捨てて帰る不心得者《ふこころえもの》がいる、という話を聞いた。

この野犬はそういう猟犬が野生化した姿なのかもしれない。

恐怖のあまり、泣いてうずくまるウィリーの前に出ると、ホープは無言のまま低く体を落とし、いきなりより大型の犬にとびかかっていく。

仔牛と同じほどの大きさの二頭は、もつれあいながら唸り声とともに地響《じひび》きをたて、ウィリーからは遠ざかる。

もう一頭の犬は二頭の犬の状況を、牙をむきだしにしたまま腰を低く落として見ている。

隙《すき》があればホープに噛みつこうとしているのだ。が、闇雲《やみくも》にとびかかれば同士討ちの危険がある。

腹を空かせた野犬が狙う獲物は、今ではウィリーからホープに変わり、互いにとって生きのびられるか、どうかの死闘に変わっている。

我にかえったジェニファーは、思わず近くにあったモップを手に取り裏庭にとび出し、泣きじゃくるウィリーを抱きしめると、いそいで家の中に連れ帰った。

ジェニファーは戸締りを手早く確認し終えると、モップの代わりにジョッシュが残してくれた、二連発のショットガン（散弾銃）を奥の部屋から持ち出していた。

ホープが負ければ野犬は自分たちを狙ってくるかもしれない。ジェニファーは法律を学んでいたせいか、どんな時にでも考え方が論理的。

論理で考えるとホープが勝つ確率はゼロ。

ホープは他の犬と争ったことなど一度もない。それどころか、一頭で育ったホープには、子犬のころに、他の子犬たちとじゃれあうという、そんな経験さえもなかった。

そういうホープが元猟犬と思われる、闘争本能に満ちた野犬二頭を相手にしている。ジェニファーがどれだけ贔屓目《ひいきめ》に見ても、ホープがこの二頭に勝つ可能性はゼロだ。

だがこの状態ではすでに呼びもどすこともできない。ホープが後ろを見せれば、たちどころに二頭の犬に噛みころされる。

手にしたショットガンを二頭の野犬に向けて撃つわけにはいかない、散弾が広がりホープも被弾する。ショットガンは、ホープが負けた時にだけ必要になるものになっていた。ジェニファーとしては、それでもホープが勝つことを祈りながら、三頭の闘いを見守るしかない。

裏庭での闘争はつづいている。

ジェニファーの心配をよそに、ホープは賢い闘い方をしていた。二頭目の犬が闘いに入ってこれないように、常に自分の位置を変えながら噛みあいをつづけている。

相手の犬が一瞬横向きになった。ホープがその機を逃《のが》すことはなかった。俊敏に相手の首に食らいつき、四肢を踏ん張って引き倒す。そして上にのりかかると喉笛に牙を打ち込んだ。

もつれ合っていた二頭の争いに決着がつこうとした、その時だ。二頭目の野犬がまわり込むと、ホープの背中に前足をかけ、牙を打ち込んだ。

ホープは一瞬動きを止めたが、それでも喉笛《のどぶえ》に食い込んだ牙を抜くことなく、そのままの姿勢で、背中に打ち込まれた牙の痛みに耐えている。

ここでホープが牙を抜けば、相手は手負いの野犬になり、より凶暴な相手と化す。ホープは耐えながら、そして噛む力を最大限に強めながら相手の息が絶えるのを待つ。

やがて相手の野犬はついに絶息。それを確認すると、ホープは勢いよく右側に倒れ込む。

もう一頭が打ち込んだ牙を背中から外《はず》すためだ。

背中の肉は筋肉。固い。牙も深くは入らない。仮に噛み破られても、背骨が邪魔をして内臓には影響しない。背中であれば出血も多くない。

それだけのことが経験を通して分かっていたわけじゃない。ホープはただ本能の命ずるままに動いていただけ。

ホープが意図《いと》したように倒れた反動で牙が背中から抜けた。

血まみれのホープはふたたびたち上がると前足を踏ん張り、態勢を低くして二頭目にとびかかる姿勢を見せた。

怒りに燃えた眼を前にした二頭目は、かなわない、と思ったのか、突然、反転すると一目散に森を目指して逃げる。

その姿を見たホープは静かに見送り、荒い息を吐きながらその場に腰を落とした。彼は負けを認めた相手をさらに叩くようなことはしない。

はじめての闘いが終わった。が、ホープには闘いを仕掛けた、という意識はない。あったのは自分が動かなければウィリーがころされる、という無意識の瞬時の判断だけ。

その結果、闘う以外の選択はなかった。

だから恐怖を感じる間もなく、相手にとびかかっていけた。闘いになれば生きのびるために、ころすか、ころされるかしかない。

その結果生きのびることができ、ウィリーを守ることができた。

ジェニファーはまだふるえていた。それほどの恐怖を与えられたはじめての経験。まさかホープが勝つとは思いもしなかった。

ジェニファーは冷静な分析をしていた。それは、ホープが生き残ったのは体力の差、だったということ。

あの野犬が飢えて体力を消耗《しょうもう》していなければ、ホープの勝ちはなかったかもしれない。そう思わせるほどのわずかな差の勝利だった。

それにしても……、と彼女は思う。

今まで気づくことはなかったが、ホープには生まれながらにしての闘う能力があるのかもしれない、そう思わざるを得ないほどの賢い闘い方だった。

ジェニファーとウィリーが裏庭に出てホープに近づく。ホープは何事もなかったかのように、ジェニファーから差し出された手をペロリとなめ、ウィリーの顔もいつものようにひとなめした。

ウィリーは血まみれの体にもかかわらず、自分を命を懸《か》けて守ってくれたホープの大きな体に抱きつき泣いている。

この記憶は一生ウィリーの脳裏から消え去ることはないだろう。その後、彼女の視線は、息絶えた野犬の体に注がれる。

その目には人間に捨てられなければ、こういう最期を迎えることもなかったろうに……、という深い憐憫《れんびん》の情（可哀そうと思う心）が込められている。

そしてその思いは逃げ去ったもう一頭の野犬にも向けられていた。

あの犬がこの冬を越すのは無理。二頭であれば協力して狩りができるかもしれない、可能性はまだ残される。

だがマイナス四十度を下回る極寒の中での一頭。凍死か、餓死する以外に残された道はない。ジェニファーには、あの犬が最期を迎える姿が手に取るように見えている。

あの犬たちも飼われている時は、ホープと同じように、飼い主に忠実な犬だったに違いない。特に猟犬は、獲物を狩る危険を飼い主の猟師と共に分かち合う。飼い主との連帯意識は、普通に飼われている犬よりは、はるかに強いものがある。

その犬たちの信頼を裏切り、こんな悲惨な状況に追い込む人間の懲《こ》りない冷酷さと身勝手さに、やり場のない怒りがジェニファーの心を支配していた。

ジェニファーの周りには落ち着いた時間が流れている。

ジョッシュが亡くなってからは組合長トンプソンの配慮もあり、彼女は漁業組合でのジョッシュの仕事を引き継いでいる。

サンフランシスコに居たときのジェニファーは、自分の利益しか考えない自分第一主義の人々に対する不信感の塊《かたまり》になっていた。が、その大きな氷の塊がエポーの町にきてからというもの、徐々にとけ出していることに気づいている。

ありのままの姿でつき合える駆け引きのないこの町の生活に、重苦しい疲れの生まれる素地《そじ》はなかった。

この落ち着いた時間の中で、彼女の抱《かか》えていた環境問題に関して、

(どうすればいいのか……?)

という思いは、心のより奥深くへと答えを求めて旅をつづけていた。

最近はその答えの形が、薄絹《うすぎぬ》を通したようにおぼろ気《げ》に見えてきた。

静かに考えつづけてきたその答えは、人々が安心して委《ゆだ》ねられるような、新しい考え方が必要ではないのか、という方向に向かっている。

人々の心を癒《いや》すためのさまざまな考えが、今まで生まれてきている。

例えば、どんな人でも簡単に答えを見つけられる宗教、自らも悩むことで答えを見つけようとする哲学、人の道を説いて心に安寧《あんねい》をもたらす倫理学《りんり》、などなど。

ジェニファーにはそういう道理は、もはや通用しない時代に入っているような気がしてならない。人間自らが作り出した環境破壊がそのことを証明している。

人間中心に生みだされた道理は、悲しいことに環境破壊に対してはまったくの無力。

この深刻な状況では、目に見える自然環境を大切にすることは当然だが、人の心も変わらなければ、環境の悪化は止められない、ジェニファーはそう考えている。

彼女の考えの基本は、若い時に暗示を受けた、宇宙の運動から、地球の一木一草《いちぼくいっそう》の生長に至るまでのすべての営みをつかさどる、『自然の秩序』を土台に据《す》えている。

この道理は、人間も他の生き物と同じ地球の一つの生命体、と見なす考えだ。

もし人間が『自然の秩序』に沿って生きなければ、その先には滅びしかない。この事実は地球四十五億年の歴史の中で、すでに何度も繰り返されて証明されている。

春になれば花が咲く。夏、秋、冬、と季節ごとに色とりどりの花が咲き乱れる。

何千回も、何万回も人が現れるはるか以前から、決して変わることのない、毎年巡ってくる季節の花々の営み。

これは宇宙の規則的な運動が、地球の美しい自然を育《はぐく》んでいるということの証明。そして人もまたこの環境の中で生かされている自然の一部。

地球が太陽の周りを規則的にまわることで季節が生まれる。同様に月が地球をまわることで引き潮、満ち潮が生まれる。その月の運動は、生き物たちが命を生みだすことにも密接に関係する。

サンゴやカニを含む多くの生き物たちが、潮の流れの速くなる大潮の時に一斉に放卵する行為は広く知られている。早い潮流は放たれた卵を捕食者から守ってくれる。

またフンころがし、という異名《いみょう》で知られる、昆虫の『たまおしコガネ』も、天体を利用して生きている。『たまおしコガネ』は逆《さか》さまになり、両腕で自分の体を支え、後足でフンを転がして目的地へ運ぶ。

前方は見えない。彼らは太陽の位置を測りながら目的地へと向かっている。

生きるため、そして種《しゅ》を守るため、どんな小さな生き物たちでも、当然のことのように、太陽や月の運動までを利用している。彼らも人と同様に地球に生きる子供たちだから。

人々の日々の暮らしも、他の生き物たちと同じように、宇宙の規則的な法則と無関係には成りたたない。

暦《こよみ》が最も卑近《ひきん》な証明。

太陽暦は太陽と地球の運動を計算して作られ、太陰暦は地球と月の運動が計算の元になっている。この暦は人間の生活の土台。

これらの事実を通してジェニファーは、人間の守るべき規範は、人間の都合に合わせて作られた道理ではなく、宇宙の運動をも統《す》べる、『自然の秩序』を基にすべきではないか、と考えている。

ジェニファーにはうすいすりガラスを透《す》かしてみるように、その考えがおぼろ気《げ》に見えてきた。が、自分にはその考えを体系的にまとめあげる時間がない。また他の生き物と人間は同じ立ち位置にいると口に出すのも早すぎる。変人扱いされるだけ。

だが未来のあるウィリーには可能かもしれない。

彼女は、『自然の秩序』に沿って生きるという自分の信念に、そして正しさに、欠片《かけら》ほどの疑念も抱《いだ》いてはいない。

ウィリーと話す時間はまだ十分にある。そう思うジェニファーに焦りはなかった。


ウィリーはジョージの運転するスノーモービル（雪上車）の後部座席で、振り落とされないように、ジョージの腰にしっかりと両手をまわして乗っている。

荷物を積むための小さなカートを連結。カートには三日分の食料と小さく折りたたまれたテントや寝袋などが積まれている。

防寒具に身を固め分厚いゴーグルをつけたジョージが、スノーモービルのハンドルを大きな手で握っている。ホープはいつものように白い息を吐きながら、ジョージとウィリーの後を尻尾《しっぽ》を振りながらついてくる。

ハスキー犬は、犬ぞりレースのそり犬として知られているほどに、雪上の走りをもっとも得意とする犬。

巡航速度のスノーモービルの後をついて走るなど、ホープにとってはなんの雑作もない。前になり、後ろになったりして、時々嬉しそうに吠えながら駆けている。

漁業と狩猟で維持されているエポーの町では、男の子が十歳になれば経験豊富な大人の監視《かんし》の下、冬の森の過酷な自然を体験させる習わしがあった。北の最果ての極北の地に住んでいる。そして深い森は、エポーの町から丘を一つ隔《へだ》てて広がっている。

極寒《ごっかん》、豪雪の森に入る機会は、長い人生の間、二度や三度は必ずある。その時のために、過酷な自然環境の実態を幼い頃から経験させておく。

この経験の有無《うむ》が、生死を分けるような危険な状況が森や山で生じたとき、その力を発揮する。この習わしは、その状況を想定して考え出された、エポーの町で生きていくための知恵。

かといって、特別になにをするということでもない。ただ、三日ほどをエポーから五十キロほど離れた森の中で生活するだけ。

天候に恵まれれば、ピクニック気分で終わる場合もある。だが天候が急変し、白い冬が牙をむいて襲ってくれれば、死を覚悟するような辛い旅になることもある。

テントを持ってきているが、天候急変に遭遇《そうぐう》すれば、そんなものなんの役にも立たない。

暴風のためテントなどは簡単に吹きとばされる。

そんな時は、雪洞を作るか、雪中に穴を掘ってブリザード（雪嵐）をやり過ごす。これも大事な訓練の一つ。

父親のいないウィリーには、ドーソン家と親しくつき合っているジョージがその役を買って出た。ジョージには、気難しいホープもよくなついている。

天候は先ほどから急激に荒れはじめてきた。

（今回は天候に恵まれたな……　……）

と、スノーモービルを運転するジョージは、ゴーグルの中のひげ面に、にやり、と笑みを浮かべている。折角《せっかく》の機会だ。ウィリーには美しい自然ではなく、本物の過酷な自然を味わわせてやりたい、とジョージは思っていた。

北からの風が強くなってきている。一段と厳しい荒れた天候になるということ。

上から落ちていた雪が、強風のため、いつしか斜《なな》めにたたきつけるように変わってきた。

その雪がゴーグルに張り付き、視界が極端に狭くなっている。この分ではテントは使えそうにない。

すでに五十キロ近くはエポーの町から離れた見当。

ジョージは、この辺りに適当な大きさの岩穴があったと記憶している。あの岩穴であれば、二人と一頭が過ごすには十分な広さがある。

三十分ほど探しまわり、やっと雪に半分閉ざされかけた岩穴をジョージは見つけた。今回はこの岩穴を中心にして行動することを、雪の降り具合から見て彼は決めていた。

この判断もウィリーには勉強になるはずだ。極寒の森では決して無理をしてはいけない。自分でも思いもしない速さで体力は奪われていく。

ジョージは行方不明になった人の捜索に駆り出されたことが何度かある。その中で四人グループの捜索《そうさく》があった。その四人は別々の場所で凍死をしていた。死ぬ前に別々になっていたということ。

経験のあるリーダーがいなかったのだろう。もしいたら、少なくても別々に死ぬことはなかった。天候急変は、経験のない人間には恐怖をもたらす。

どれだけ普段の生活で冷静な人でも、目前で白い冬が牙をむきだしに襲ってくれば、冷静な心の状態を保つのはきわめて難《むずか》しい。

恐怖は冷静さを焦りに変える。焦りは判断の誤りにつながり、その誤りが新たな焦りを生みだす。こうして冬場の遭難事故は生みだされる。エポーの町の知恵は、こうした状況を生みださないための、昔から受け継がれてきた先人の知恵。

そしてこのようなことを、この経験の旅でジョージがウィリーに語り聞かせるのも、冷静さをウィリーの心の中に醸成《じょうせい》するためには、得難《えがた》い経験になっていくということがエポーの町の住人であれば、だれにでも分かること。

ウィリーは熱心にジョージの話を聞いている。

冬の森で薪《まき》をどのようにして集めるのか？　火をどのようにしておこすのか？　食料がない時、どのようにして生きのびるために、ウサギなどの小動物を捕獲するのか？　など質問は山ほどあった。

だがジョージには、色々なことを今回の旅で、詰め込んで教える必要はないと考えている。来年またこようと思っているからだ。

自然にはさまざまな表情がある。

死を覚悟させるほどの過酷な自然もあれば、涙が心の奥底から湧き上がるような美しい自然もある。ウィリーは感性豊かな子供。その彼には色々な自然の顔を見せてやりたい。

生活の中心になる岩穴を確保すると、激しく降りしきる雪の中、二人はホープを連れて風倒木《ふうとうぼく》を探しに出かけた。

ホープには革帯《かわおび》をつけて小さなそりを引かせている。見つけた風倒木を運ばせるため。革帯になれているホープはそりを引くことを嫌がらない。

生木《なまき》は水分が多く薪《たきぎ》には使えない。水気の抜けた風倒木を持ち帰ると、腰に差している手斧《ておの》で小さく割っていく。

木と木をこすり合わせ、その摩擦熱《まさつねつ》で火をおこすことも教えた。そして薪を燃やすと、暖を取りながらウサギを捕まえるための罠作《わなづく》りも教えた。

全てが過酷な冬の森で過ごすための、サバイバルの技術。

それらの作業をしている間にも、薪の燃える赤い色に染められた岩穴の中で、色々な話をジョージはウィリーにして聞かせる。

岩穴の壁には、焚火《たきび》の明かりで生じた、二人の影が大きく映《うつ》っている。

ウィリーは、炎のために赤く輝く目でその話を聞き、ホープは焚火の傍《そば》に寝そべりながら、組んだ前足に顔を乗せて、語り合う二人を見ている。

外はひどい吹雪《ふぶき》になっている。ジョージの的確な判断で、二人と一頭は暖かく快適な時間を岩穴の中で過ごしていた。

こうして一日目はあっという間に過ぎていった。

二日目の朝。どうやら強風の吹き荒れる天候はおさまった。が、空はまだ一面に鉛色の重たげな低い雲におおわれている。

ジョージは厚めのベーコンと卵を焼き朝食を作っていた。ホープはジョージに用意してもらった餌を食べている。ウィリーは外で水を作るための雪集め。

今日は、昨夜つくったウサギの罠を仕掛けに行く。ウサギが取れれば、今夜のご馳走は、ジョージお得意《とくい》のウサギのシチュー。

時刻はすでに昼をまわっていた。

ジョージの左腰のベルトには鞘《さや》に入った大型のブッシュナイフが差し込まれ、肩にはよく手入れされた時代物の二連発の猟銃。

この季節ではヒグマは冬眠中。狼が人間を襲うというのは、この辺りでは聞いたこともない。だが森ではなにが起こるか分からない。銃声の轟音《ごうおん》を聞けば、それでも襲ってくる動物など、ヒグマ以外にはいない。だから古い猟銃でも十分だ、そのためだけの銃だった。

罠を仕掛け終わった二人は岩穴への帰途についていた。岩穴が二人の五十メートルほど先に見えてきた、その時だった。突然先頭を歩いていたホープが鼻を空に向けて高くつき出し、何かの臭いを嗅ぎ取ろうとする。

次の瞬間、ホープの口吻《こうふん》がめくれ上がり、低い唸り声が腹の底から絞り出されるように響いてきた。鼻の両脇には、細いしわが縦に何本もできている。ウィリーはこんな怖い顔のホープを見たことがない。ジョージもまたホープが賢いことを知っている。

無駄に吠えることも、唸ることもしない犬、それがホープ。そして、動物は決して幻臭《げんしゅう》を嗅ぐことはない。そのホープがここまでの敵意をなにかに示している。

彼はホープの異常な行動から、それがなにかは分からないが、迫《せま》りくる危険を肌で感じている。ウィリーを近くに呼ぶと、

「なにかがいるようだ……、僕から離れるな」

そうささやき、肩からゆっくりと銃を下ろすと、安全装置を外し両手に抱《かか》えた。

ホープの低い唸り声は間断なく聞こえてくる。ウィリーにもわかっていた、なにかがおころうとしていることは。こんなホープは今まで見たことがなかった。

ホープは放っていた唸り声をおさめると、林の向こうを睨《にら》むようにそしてどんな小さな音でも聞き逃《のが》すまいと、両耳をピンとたてている。

耳鳴りのするような静けさが三十秒ほどもつづいたろうか、突然ホープは雪をかぶった草木を蹴散《けち》らし、

「グワァーッ……」

と唸りながら、林の中へととび込んでいく。一瞬間をおいて、

「グワーオッ……」

という、禍々《まがまが》しい吠え声が、林の向こうから聞こえてきた。その吠え声を聞くと、ジョ

ージはウィリーに、

「下がれ、後ろへ下がるんだ……！」

と叫んだ。ウィリーが十分の距離をとったことを確認すると、しばらく様子をうかがっていたジョージも、ホープの飛び込んでいった林の中へと踏み込んでいく。

そこでは、すでに大きな白い塊《かたまり》と、小さな白い塊の、凄まじい闘いが繰り広げられていた。小さな塊の方はすでに白い毛が血にまみれている。だがまだ闘う気力は十分に残されているようだ。

血まみれの白い塊はホープ。仔牛ほどの大型犬が小さく見えるほどに大きい白い塊は、ポーラーベアー。まさかこんな森の中で、いつもは海辺で獲物を探しているポーラーベアーに遭遇するとは……、ジョージの予測をはるかに越えた状況が生じていた。

だがすぐに、漁業を生業《なりわい》としているジョージは、なぜこの時期に、ポーラーベアーが自分たちの近くに現れたのかを理解していた。

今年は温暖化の影響で結氷の時期が遅れている。そのため例年のように獲物になるアザラシがとれない。獲物をとれずにうろついていたところに、朝食に焼いたベーコンの臭いが漂《ただよ》ってきた。それにひかれてやってきたのだろう。

ポーラーベアの嗅覚《きゅうかく》能力は、二・五キロ先で氷の下に隠れているアザラシの子供の臭いを嗅ぎつけるほどに鋭い。

以前猟師に聞いたことはあったが、ジョージにとっても、森の中で、ヒグマ以上にどうもうなポーラーベアーに出くわすとは、まったくの想定外の状況。

よく見るとポーラーベアーの左眼には、上から下への深い傷があり、その傷のために左眼はつぶれている。

その一つ眼の巨大なポーラーベアーに、ホープは位置を変えてとびかかったりして、攻撃している。が、大きさがまったく違う。その度《たび》に強力な前足ではたかれて、ホープはすでにかなりの傷を負っている。このままではホープが危ない、と瞬時に判断したジョージは、一発目を心臓を狙って発射した。

「ズドーン……」

プロの猟師ではないジョージに、動いている標的を一発で仕留めることは難しい。弾《たま》は狙いを外れて腕に当たった。この一発がポーラーベアーの怒りをジョージに向けさせた。

今度はジョージに向かって突進してくる。ポーラーベアーがホープに背を見せた時、ホープは今までやらなかった攻撃を仕掛けていた。

ポーラーベアーの左足に牙を打ち込んだのだ。

ホープには、ジェニファーが大事にしているウィリーを救うことしか頭にない。ジョージが無事であればウィリーは助かる、その思いがホープに命をかけた攻撃をさせていた。

こんな巨大な相手が敵なのだ。自分の命を惜しんでいては闘えない。牙を深く打ち込むということは、そういうことなのだ。

相手の動きを不自由なものにするが自分の動きも、また同じように自由を失う。

結果はその通りになった。ホープの牙が左足に打ち込まれた次の瞬間、ポーラーベアーの的確な左腕の一撃がホープの頭上に振り下ろされた。

ジョージは、その一撃の前になんとかホープを助けようと、二発目の最後の弾を発射した。が、弾は致命傷《ちめいしょう》を与えることなく、ポーラーベアーの怒りを増幅するだけの傷を与えただけに終わった。

この一撃で十年という長い年月をウィリーとともに生き、ウィリーを守りつづけてきたホープの頭蓋骨《ずがいこつ》が砕けた。呆気《あっけ》ないほどの勇敢なホープの最期。

が、それでホープの牙が抜けることはなかった。むしろ、前以上にその牙は、ホープの遺志を受け継いだかのように、がっちりと左足に食らいついている。

ジョージは、ポーラーベアーの突進が鈍《にぶ》くなった、と思ったその時、その左足に食らいついて引きずられているホープの姿に気づいた。

引きずられているだけで、ホープはもうぴくり、とも動かない。どうやら死んでいるようだ。だが息絶えても、なおもホープは左足にがっちりと食らいついている。

ジョージは、ウィリーを守りぬく、というホープの苛烈《かれつ》な執念《しゅうねん》をその姿に見ていた。だが彼にホープの死を悲しむ暇《いとま》はない。次は自分とウィリーの番なのだ。

ジョージは振りかえってウィリーを見る。ウィリーは自分に走り寄ってくる。自分と共に闘おうとしている。

その姿を見たジョージは、ウィリーが一瞬、ジョッシュか、と思った。それほどに似通《にかよ》った父と子だった。ジョッシュも友を見捨てて逃げるような男じゃなかった。

だがその時ジョージが下した瞬時の判断は、ホープのおかげで速度を落としたとはいえ、相手は手負いになったポーラーベアー。一緒に逃げれば追いつかれて二人とも助からない、ということだった。

ウィリーにはスノーモービルの動かし方はすでに教えている。ウィリーが逃げきるまでは自分が時間を稼《かせ》ぐ、それしか道はない。

それが常に冷静なジョージの瞬時の判断。

ジョージは、ずーっと逃げられない、自分に長い間圧《の》しかかっていた負の思いを心の中に呑んでいた。それは自分の代わりに北極の海で死んだウィリーの父親、ジョッシュに対しての借りだった。

命の瀬戸際《せとぎわ》に立っているこの状況で、

（これでやっと、あの十年前の借りをかえせる……）

という予想もしなかった安堵《あんど》の思いが、ジョージには湧き上がっていた。ジョージはなおも走り寄ってくるウィリーに叫ぶ、

「逃げるんだ、ウィリー……、逃げるんだ……！」

だがそれでもなおウィリーは近づいてくる。ウィリーの目にも、ポーラーベアーに引きずられている、すでに死んだホープの姿が見えていたのだ。

大事なホープをあのままにしてはしておけない、という切羽《せっぱ》詰まった気持ちがウィリーにはあった。その思いが、現実の危機に対するウィリーの目をふさいでいる。

ジョージのすぐ後にウィリーが迫った時、ジョージは振り向きざまにウィリーの顔を大きな手で張り飛ばした。ウィリーは余りの衝撃《しょうげき》で後ろにひっくりかえった。

ポーラーベアーが迫っているのだ。ウィリーに納得できるような説明をしている猶予《ゆうよ》はない。すぐそこに迫る命の危険を知らせるための、やむを得ない平手打ち。

そのウィリーにジョージは重ねて、

「ウィリー、逃げてくれ……、君が生きのびられなければ、俺は君の親父《おやじ》に借りを返せない……！、逃げてくれ……！」

という、必死の叫び声を投げつけた。

ウィリーは平手打ちを受けて、我にかえったようにたち上がると、ジョージをしっかり見据えて、首を大きく縦に振りうなずいた。

ウィリーは、いきなり反転するとスノーモービルに向かって全速力で走りだした。

「君の親父に借りを返せない……！」

なぜかは分からないが、この叫びがウィリーの心につき刺さった。この言葉にジョージの万感の思いが込められているようにウィリーには思えたのだ。

ウィリーは父親の死に、ジョージが関係していたことなど知る由《よし》もなかった。母親のジェニファーが、そのことをウィリーに語ることがなかったからだ。

ポーラーベアーはもうジョージから十メートルほどの距離にいた。

ホープが左足に食らいついていなければ、ウィリーも助からなかった。

それが分かるほどに、ウィリーを守るというホープの執念《しゅうねん》が、ポーラーベアーの走る速度を鈍《にぶ》らせている。

微動《びどう》だにせず白い巨体を待ち受けるジョージからは、自分でも予想できなかった、ほのかな笑みが浮かんでいた。

それはジョッシュが海難事故で消息を絶って以来、十年ぶりに心から湧き出してくるような満足げな笑みだった。

だれにも言うことはなかったが、ジョージはこの十年というもの、夢に出てくるジョッシュの悲しい顔に詫《わ》びを言いつづけてきた。

ジョッシュは決して貸しを取り立てるような男じゃなかった。だからジョッシュが夢に出てジョージを責めることなど、あるはずがなかった。

その悲しい顔は、ジョッシュへの、済まない、と思うジョージ自身の深い悔いが作り上げた顔だった。ジェニファーも同じ。

彼女も一度として、責めるような目でジョージを見つめたことはなかった。

彼女のその優しい思いやりが、ジョージを苦しめていた。彼にとっては、非難され、罵《ば》倒《とう》された方がむしろ楽。

彼は自分が苦しむことでジョッシュとジェニファーへの借りをかえそうとしていた。ジョージもエポーの町の男。それほどまでに心根《こころね》の優しい男だった。

その積年の負の思いから、ウィリーを救うことで解放される、ジョージにとってこれほどの喜びはない。その思いが笑みとなって心の底から湧き上がってきている。

体重六百キロ、三メートルを優に越える巨大な一つ眼のポーラーベアーが、弾《たま》を二発食らった手負いの狂乱状態で、地に響くような唸り声をあげてジョージに迫ってくる。

二十メートルほど背後で、突然甲高《かんだか》いスノーモービルのエンジン音がしたかと思うと、それが徐々に遠くなっていく。

これでウィリーはもう大丈夫だ……、そうジョージは確信した。

（ジョッシュ、これでいいよな……。お前のウィリーは無事に逃げたようだ、これで借りは返したぜ……、ジョッシュ！、これで、これで……、いいんだよな……）

自分の代わりに死んだ幼馴染《おさななじみ》に、そう語りかけたジョージの目からは訳もなく涙がこぼれ落ちてきた。

言いようのない悲しみを、すべて自分の心の中にだけ閉じ込めて、一切《いっさい》ジョージを責めることをしなかったジェニファー、その涙は彼女のその深い思いやりに対する、ジョージの心からの感謝の思いだったのかもしれない……。

弾を撃ち尽くした銃を、ジョージは足もとに投げ捨てた。

こぼれ落ちる涙にもかかわらず笑みを浮かべたままのジョージは、左腰の鞘から大型のブッシュナイフをギラリと引き抜いた。

そして白い粘液を滴《したた》らせ襲いかかってくる白い巨体に向かって静かに歩きだした。

荒天が去り月が青白い光で雪上を照らす夜になっていた。照らされた大地は蛍光体《けいこうたい》のようにボーっと、夜の闇に浮かび上がっている。

中央にあるストーブの上にのせたやかんの口からは、盛んに湯気が立ち上り部屋の中をほどよく暖めている。

すでに夜中の十二時をまわっていた。十二月の外気は、月が出ているとはいえ、マイナス二十度以下には下がっているだろう。

ジェニファーは台所の椅子に腰かけ、テーブルの上に両手を組んで、その上にあごを乗せるという恰好で、もう小一時間も物思いにふけっている。

ポーラーベアーに襲われた日から三日目の夜のこと。ようやく騒ぎもおさまり一段落した状態にあった。

エポーの町の男たちは、逃げ帰ってきたウィリーの話を聞くと、すぐに救助に向かった。が、ポーラーベアーの姿はもとより、ジョージとホープの遺体さえも見つけることができなかった。

ただ、血にまみれたジョージの大型のブッシュナイフだけが、その場の惨劇《さんげき》を物語るかのように、ポツンと雪上につき刺さって残されていた。

ジョッシュと同じようにジョージもホープも、自然に帰ったのだろうとジェニファーは思うことにした。自然の一部として土に還《かえ》ることは、決して悪いことじゃない。

ジョージは病気がちの母親を五年前に亡くし一人で暮らしていた。

ジェニファーとウィリーでジョージの遺体のない葬式を出した。墓はジョッシュの隣。今頃は二人で十年ぶりに語り合っているころかもしれない。

ウィリーはあの衝撃からまだ立ち直れない。当然のことだった。産まれたときから一緒に育ったホープと、大好きなジョージおじさんを一度に失ったのだ。

ポーラーベアーに襲われるという衝撃的な状況のなかで、それも自分を助けようとして亡くなった。それだけにウィリーの被《こうむ》った心の傷には深いものがあった。

今はなにも言わずに、ウィリーの心にまかせようと思っている。ウィリーは強い子だ。自分でこの状況を克服する答えを見つけてくれるだろう。

そのウィリーも先ほど寝室に行った。

三日ほど続いた雑事からやっと解放されたジェニファーは、ジョージのとった行動について考えていた。

「君の親父《おやじ》に借りを返せない……！」

と、最期に叫んでウィリーを逃がしたそうだ。ジョッシュが亡くなった後、数えきれないほど、ジョージとは話を交わした。

ジョージはただの一度も、ジョッシュに悪いことをしたなどと、口に出したことはない。

ましてや、ジョッシュに借りがあると、彼の口から聞いたことなどは一度もなかった。

ジェニファーは、最期に見せたジョージの、その心根《こころね》に言葉を失っていた。

ジョージはどちらかというと控えめな人。

物言いにも人の心を気づかうような優しいところがあった。むしろ気弱《きよわ》という印象さえ与えるような人だった。そのジョージがウィリーを逃がすために一人でポーラーベアーにたち向かっていった、というのだ。

ジョージもジョッシュと同じように、理由にそれだけの価値があれば、命を惜しまない峻烈な精神を持つ男だった、とウィリーの話を聞いて分かった。

彼女の流している涙は、そんなジョージの心を分かってやれなかった未熟な自分への口惜しさ、また、激しい心を持ちながらそれを表に出すことなく、ウィリーを守るために最後の最後まで取っておいた、そんなジョージに対しての心の底から感謝する涙。

控えめな笑みに隠したジョージの思いの裏には、いつも自分とウィリーを守るという、強い気持ちがあったのだろう。

そしてそこには、自分には一言も漏《も》らすことのなかった、ジョッシュに対しての「借り」があったのだ、とはじめて知らされた。

その「借り」は、ジョージにとっては、なによりも重いものだったに違いない。そうで

なければ、死ぬと分かっていて、手負いのポーラーベアーにナイフ一本でたち向かってい
く男など、いるはずがない。
その峻烈《しゅんれつ》な精神を自分の心に秘めたまま、人には控えめな笑みで対応し、持ちつづけて
いたジョージを思うと、涸《か》れた涙がまた湧き上がってくる。
いっぽうで、この事件とは全く無関係のことになるが、ジョージのその思いに気づかさ
れて、別のことがジェニファーの脳裏に浮かんできた。
それは、人はだれでも、他の人の思いを受けて生きているのじゃないか……、という
ものだった。ジョージから長い間思いをかけられていた、自分とウィリーのように。
自分たちは、ウィリーが命を救われたということで、ジョージの抱く思いに気づかされ
た。が、ほとんどの人はそれに気づかずに生きている。
そして気づかぬままに死んでいくのだろう。
それを思ったとき、ジェニファーの脳裏《のうり》に唐突《とうとつ》に父親、テッド・ウォーケンの顔が浮か
び上がってきた。
俗物《ぞくぶつ》の権化《ごんげ》のような存在だった父親が、なぜこんな時に思い出されたのか彼女にも合点《がてん》
がいかない。正直思い出したくもない存在だ。
最近はちょくちょく脳裏に浮かび上がってくることがある。ジェニファーには、そんな

俗物《ぞくぶつ》的な父親であっても負い目を感じている部分があるからだ。

彼の生き方がどのようなものであろうと、ジェニファーを成人するまで育て上げてくれたことは、否定のしようもない事実だ。

それに対して、一言の感謝の言葉も伝えてはいない。また家を出たことに対して、一言の詫《わ》びの言葉も口にしてはいない。

何故かは分からないが最近は、自分は父親のことを想わなくても、父親は自分のことを想っているのかもしれない、と思うようにもなっている。

母親に関しては、白い霧の向こうにいる女性という感覚しかない。父親の言いなりで、まるで個性を感じることができなかった。

でもその母親にしても、ひょっとしたら自分のことを、少しくらいは想ってくれているかもしれない……、と最近は時として思うようになっている。

ジェニファーは様々な体験を咀嚼《そしゃく》し、吸収して人の心の優しさの奥までを斟酌《しんしゃく》しようとする、柔軟で、深みのある女性に進化をつづけていた。

面と向かって、詫びの言葉を父親に言うつもりは、今のところない。が、生きている間に一度は心の底から謝《あやま》りたい、それが人としての道だ。

彼女はそう思って今を生きている。

第三章　新たな出会い

小雪のちらつく夜だった。あの事件がおこってから一週間が経っている。

裏庭から聞こえてきたなにかがぶつかるようなすごい音で、ジェニファーとウィリーは跳《は》ねおきていた。時刻は真夜中の二時をまわっている。

エポーの町に泥棒がいるはずはない、と思いながらも、恐るおそる、裏庭へ続くドアを細目に開けて外の様子を見る。なにも見えない。

こういう時にホープがいてくれたら……、と思いながらもウィリーは母親を家の中に残し、野球のバットを手にして一人裏庭へ出て行った。

ウィリーには、母親を守るのは自分の仕事、という自覚がすでにあるようだ。

ウィリーはバットを振りかぶったまま、裏庭にある大きな金属製のごみ箱の所まで行くと、金属製の蓋《ふた》が外れて、大きなごみ箱を支えるコンクリートの地面に落ちているのに気づいた。

あの大きな音は、金属製の蓋がコンクリートの地面にぶつかった音だった。目を凝《こ》らしてよく見ると白い色をした生き物が、蓋の傍に倒れている。

ウィリーは思わず叫んでいた。

「ホープ……！」

と。ドアのところで、その叫び声を聞きつけたジェニファーは急いで駆けつけた。

ジェニファーが見たその生き物は、成長しきっていないポーラーベアーの子供だった。ガリガリに痩せている。

その姿は犬としては大きかったホープに似ていなくもない。それほどにやせ細ったポーラーベアーの子供。

餌を探してここまできたのだろう。そしてここで力が尽きたようだ。弱くはなっているがまだ脈はある。額《ひたい》も三日月状に割れて血が固まっている。

この子ぐまになにがあったのかは分からない。が、この姿を見ると、命を失いかねない相当ひどい目に遭《あ》ってきたように思われる。

どういう対応をするにしても、ジョージとホープを一度に失い、傷心《しょうしん》に沈んでいるウィリーの気持ちが今はもっとも大事。

しかも倒れているのは、瀕死《ひんし》の状態とはいえ、ウィリーたちを襲ったポーラーベアーの子ぐま。もしウィリーがポーラーベアーというものに、憎しみを抱いていたとしても理解はできる。だから、

「どうする……？」

とジェニファーはウィリーに聞いていた。

「どうするって？」

とのウィリーの返事に、

「助けたい？」

「もちろんだよ、だってこのクマ、まだ子供でしょ……」

ジェニファーはウィリーのこの言葉で、心までは傷つけられていないウィリーの早いたち直りを確信した。ジェニファーもできればこの子ぐまを助けたい。

ジョージとホープが亡くなって七日後に現れたポーラーベアーだ。ジェニファーにはなにかしら、この子ぐまとの間に因縁《いんねん》めいたものを感じていた。

だがこの子ぐまが息を吹きかえす可能性は低い。この傷と衰弱であれば、肉体と精神がよほど強靭《きょうじん》でなければふたたび生を得ることは難しい。

ジェニファーは家にもどると、古い毛布を持ってきた。子ぐまとはいえ相手はポーラーベアーだ。女一人で抱きかかえて運び入れるなど到底《とうてい》出来ない相談。

毛布でくるむと、その毛布を引きずるようにして、ウィリーと力を合わせて家の中に運び入れた。

子ぐまはその間、ぴくり、とも動くことはなかった。完全に意識を失っている。居間のストーブの前にくるんだ子ぐまを寝かせると温めたミルクを、大きなボールに入れて顔の前に置いた。

そして部屋のドアにカギをかけた。今は気を失っているが、意識がもどった時どういう反応をするかジェニファーにも分からない。

ジェニファーはウィリーに言った。

「意識がもどった後の様子を見なければ、この子ぐまの本当の状態は分からない。このひどい状態を見れば、何かに襲われたことは間違いないわ……。もしそのことに、人がかかわっていれば、自分を守るために、私たちを襲ってくるかもしれない。だから、このドアは、ママが開けるまで決して開けちゃダメ、いい、決して開けちゃダメよ……」

そう固くウィリーにくぎを刺すと、ウィリーを寝室まで連れていった。

これほどの重い傷を受け、やせ細っていれば回復の見込みはきわめてうすい。でも自然界ではなにがおこるか分からない。

自然に畏敬《いけい》の念を抱くジェニファーに寸毫《すんごう》（ほんの僅《わず》かな）の油断もなかった。

ジェニファーは常にありのままの自然の姿をウィリーには語っている。

自然の中で生き残るための命のやりとりは、人々の三度の食事のように、何気《なにげ》ない日々の中でおこっている。

結果として死が訪《おとず》れたとしても、それは決してドラマティックなものなんかじゃない。すべての生き物は、それを普通のこととして生きている。

だが色々なことを学んできたジェニファーは、その中にも、例外があることを知っている。生き物の中には、種《しゅ》の生き残りを図《はか》るために、人間の想像などおよびもつかないような、しぶとく、凄《すさ》まじい生態を見せる生き物もいる。

例えばアメリカアカガエルの例がある。

北アメリカ東部に生息する赤褐色のカエル。きびしい寒さに強くマイナス十六度ほどの極寒《ごっかん》の中で冬眠する。

冬眠に備えたこのカエルは尿を排泄《はいせつ》しなくなる。穴籠《あなごも》りをすると周囲の温度が低下し体が凍り始める。当然血液中の水分も凍り始めるが、その状態になると体内では肝臓が大量の糖を生産し、血糖値《けっとうち》が通常の十数倍に上昇する。

この糖が尿の成分と混じり合い不凍液に変わる。当然代謝《たいしゃ》機能は停止し心拍もなくなる。脳を含む六十パーセントが凍結し、仮死状態となって冬の数か月を冬眠する。

春になり気温上昇とともに血中の糖分が、解凍液として機能し二日ほどで冬眠前と同じような活動ができるようになる。

　このような生態を持つものとしては、他に北極地リスが挙《あ》げられる。

　この地リスの場合、冬眠期間が九か月という長期におよぶため、宇宙飛行士の長期移動や臓器の保存などのために、その生態についてのより深く、詳細な研究がなされている。

　生き物にとって最大の使命は子孫を残すということ。進化はその種の保存のための手段であり、このカエルやリスの生態は、その進化の一つの結果、そして過程なのだ。

　アメリカアカガエルや北極地リスにはおよばないが、ポーラーベアにも生き残るための、その種類の特殊能力はある。それが、餌がなくても代謝を下げて半年近くを生きのびられるというしたたかな能力。

　その証明が、今目の前に横たわっている子ぐまのような気がジェニファーにはしていた。

　こんなに痩《や》せ衰《おとろ》えていれば、死んでいてもなんの不思議もない。

　でもまだ生きている。備わった特殊能力以外の、野生の持つ生に対する並外れた強靭《きょうじん》な生命力が、この子ぐまには備わっているように彼女には思えた。

　その思いが、

（ひょっとすると、この子ぐまは息を吹きかえすかも……）

　という思いを、ジェニファーにもたらしていた。そう考えるジェニファーに、この子ぐまへの油断はなかった。

生きる物には、それだけの理由があるし、死ぬものにもまたそれだけの理由がある。生死に情の入る余地はどこにもない、と思っている彼女だが、この子ぐまには、なぜか理屈では語れない、なんとか生きのびてほしい……、と思わせるものがあった。

それはジョージとホープを一度に失ったという心に負った大きな傷のせいだったのかもしれない。口には出さなかったが、ジェニファーにもジョージとホープの死は大きな心の痛手を与えていた。

まさか、この目の前の痩《や》せこけて死にかかっている子ぐまが、ウィリーの人生最大の窮《きゅう》地《ち》で、その後の生き方に、決定的な影響をウィリーに与える存在になろうとは……、この時のジェニファーに想像できるはずもなかった。

いっぽうウィリーにも、この子ぐまがホープの生まれ変わりのような気がしてならない。倒れて意識のない、この子ぐまの横顔を見た時、ウィリーはあの優しいホープを見たような気がしていた。

先に目覚めたのはジェニファーだった。

夜が明けたばかりの時刻。北の最果ての地だ。夜明けといってもまだ外は真《ま》っ暗《くら》。寝ぼけたような太陽が昇るのは、この季節であれば十時をかなりまわってから。

カシ、カシ、カシ、カシ……、

という奇妙な音が居間から聞こえる。ジェニファーは用心のため猟銃を手に持ち居間のドアのカギを開けると、細《ほそ》めにそっとドアを開いた。

奇妙な音は、ゆっくり居間を歩きまわっていた子ぐまの爪が木の床に当たる音だった。細めに開けたドアを通して、ジェニファーの目と子ぐまの眼が絡み合った。目があえば、普通は獣の方から目をそらす。目を合わすのは多くの場合、闘いの時だけ。

だがこの子ぐまは不思議そうな眼をしたままジェニファーを見つめている。澄んだきれいな眼だ。内心ジェニファーは胸をなでおろしていた。

人間への警戒心はまったくなさそうだ。であれば、額の傷は他の野生動物にやられたのだろう。オスのポーラーベアーに攻撃されたのかもしれない。

ジェニファーもこの土地に暮らすようになってからは、この辺《あた》りの野生動物の生態にも詳しくなっている。

彼女は居間に入った。子ぐまが寄ってきた。ジェニファーが手を出すとざらついた舌で一なめする。大きなボールに用意したミルクもすっかりなくなっている。

ジェニファーは少しだけミルクを温めると、ミルクがたっぷりと入ったボールを、再び子ぐまの顔の前に置いた。子ぐまはすぐにミルクを飲みだした。

その時ウィリーが、おはよう……、といいながら居間に駆け込んできた。小ぐまが息を吹きかえしたということを部屋の雰囲気で感じ取っていた。

子ぐまはチラッと走り込んできたウィリーに眼をやると、また何事もなかったかのように力強くミルクを飲みだす。

ウィリーもジェニファーの隣に腰かけると、嬉しそうにミルクを飲みつづける子ぐまを眺《なが》めていた。

ウィリーは急に椅子からたち上がると、小ぐまの近くに座り込み、ホープの頭を撫《な》でていたように、子ぐまの頭を撫《な》ではじめた。

食事を邪魔されるとほとんどの動物は嫌がり、中には怒りだすものもいる。それは、ジェニファーが止める間もないほどに急なウィリーの動きだった。

だがジェニファーの心配をよそに、子ぐまはウィリーになんの反応も見せることなくミルクを飲みつづけている。

嬉しそうに頭を撫でているウィリーと、無心にミルクを飲んでいる子ぐまを見ているジェニファーには、この二人はいい友達になれるだろう、との思いが生まれていた。

果たしてウィリーからは次の瞬間、

「この子ぐまの名前は、ホープに決めた……」

という声が上がった。その後に、
「いいでしょ……、ねぇー、いいでしょ、この子ぐま、うちで飼っても……」
というお願いの言葉が出てくる。
お願いの順序が逆になるほどに、ウィリーはこの子ぐまを飼いたいということ、そして
この子ぐまであればホープを失った傷を癒《いや》してくれる、そうウィリーは思っている。
だからホープを忘れないためにも、同じ名前をこの子ぐまに付けようとしている、ウィ
リーの行動を、そう判断したジェニファーは、
「この子ぐまが元気になるまでは育ててあげましょう。それから先は、相談するってこと
でいい？」
と応じた。国際協定で保護されているポーラーベアーを、普通の家庭でそんなに簡単に
は飼えないことはジェニファーにも分かる。
だが、ここまで弱っているのだ。元気になるまではだれがなんと言おうと、責任をもっ
て育てる。それが彼女の決意だった。彼女の決意にはそれなりの理由もあった。
ホープという名前は、亡き夫ジョッシュが、ウィリーの将来に「希望」があるように、と
いう願いを込めてハスキー犬の子犬につけた名前だ。
その名前が、ハスキー犬ホープの亡きあと子ぐまに受け継がれるということは、ジョッ

シュの、ウィリーを想う気持ちも、この子ぐまに受け継がれる、ということになる。

ジェニファーにはそれが嬉しかった。さらにそのことをウィリーが自分から言い出してくれたのが嬉しかった。

こうしてポーラーベアーホープが誕生した。

最初の一週間ほどは暖かい家の中で飼った。体力の回復が十分でない三日目までは家の中で眠る時間が多かった。ウィリーが一緒に寝ても子ぐまのホープが文句を言うことはなかった。それどころか、ホープは時折、ウィリーの顔をなめさえした。

二人の間には、ジェニファーが予感したように、すでに友達としての関係が生まれていた。餓死寸前の状態だったのだ。魚や肉の固形物は少しずつ与えていった。

与えられたものは残さず食べた。一週間ほどすると、見違えるように元気をとりもどし、角張《かどば》っていた体が丸みを帯びてきた。脂肪分が徐々にたくわえられているようだ。

このころになると、ホープはジェニファーには絶対服従の態度をとっていた。野生の世界では餌をくれるのは母親しかいない。

ジェニファーはホープの中では母親の位置を占めていた。体力がついてくると家の中では飼えなくなる。

裏庭に大きな棒杭《くい》を深く打ち込み、首輪をつけて長い鎖で棒杭《くい》につないだ。ジェニファーもウィリーも檻《おり》に入れるということなど考えもしなかった。ホープは二人のいうことには、常に従順だったからだ。

ホープを裏庭に出す前に、彼女は組合長のトンプソンと話し合いをしていた。

乱獲のためポーラーベアーは、一時五千頭ほどにまで減少した。

ポーラーベアー生息国であるカナダ、アメリカ、ロシア、ノルウェー、デンマークの五か国が保護のために国際協定を結んだ。その協定が実を結び、今では二万五千頭ほどにまで数を回復させている。

だが人間の引きおこした北極海の急激な環境悪化で、今まで以上に過酷な運命がポーラーベアーを待ち受けている。それほどに保護が必要とされる生き物。町長でさえ一目置いている、町一番の有力者である組合長の許可は必須《ひっす》の条件になっている。

この組合長は弱者に対しても優しかった。多少がさつだが、ほとんどの有力者には欠片《かけら》も見られない、本物の高潔さを組合長は備えていた。

ジョッシュの死にも責任を感じている彼は、組合員の色々な相談にものっているジェニファーには、全幅の信頼を置いている。

ジェニファーの、長年の町に対する貢献と人柄がものを言い、彼女が考えていた通りのポーラーベアーを裏庭で飼うという、前代未聞《ぜんだいみもん》の要望が町に受け入れられた。

ウィリーは学校から帰るとすぐにホープと遊ぶのが日課になった。時には、学校の友達と一緒にホープと遊ぶこともあった。

ジェニファーとウィリーを通して知った人が触《さわ》ってきても嫌な顔を見せなかったが、知らない人が触ろうとすると避けようとする姿勢も見せている。

ジェニファーはそのホープの行動から、感性の豊かさ、高い知能を感じ取っている。

ホープはオスのポーラーベアー。だがオスぐまにありがちな粗暴《そぼう》な行動はホープに関する限りまったく見られない。

ジェニファーは十代の頃、ルパートという名前のシェパード犬を飼っていた。

彼女はルパートと公園を散歩をしていた時、野犬に襲われたことがある。その時野犬に嚙《か》まれたにも関わらず、身を挺《てい》して守ってくれたのが、ルパートだった。

ジェニファーには、なぜかその時の野犬の眼が忘れられなかった。

ジェニファーへの攻撃に失敗した野犬は、険《けわ》しい威嚇《いかく》ではなく、まるで何事もなかったかのような、感情のない眼をジェニファーに向けて逃げていった。

嚙まれたルパートを治療してくれた動物病院の獣医に、彼女はそのことを聞いてみた。その時まで仏頂面《ぶっちょうづら》で治療していた、六十の坂を大分下ったとみられる、白髪《しらが》頭の先生は、

彼女を見てニヤリと笑うと、

「ほーっ、そんなことに君は気づいたのか……！」

と感心したように話してくれたことをまだ覚えている。

「愚《おろ》かな飼い主のせいで、捨てられて野犬になった犬は野生の生き物と同じになる。野生に帰れば、頭には獲物のことしかなくなる。飢えるわけにはいかんからのう……、元々そういう愚かな飼い主に飼われていた犬じゃ、仮に愛情があったとしてもうすいもんじゃったろう。そんな犬からは感情なんてものは、とっくに失せているんじゃよ……」

そう言うと、先生は目の前のルパートをじっと見つめた。

ルパートも先生を見ていたが、何か心地《ここち》悪げに、救いを求めるようにジェニファーに視線を送った。

彼女もルパートを見つめると、首をかしげるようにしてルパートは彼女を見つめなおした。先生は、またニヤリと笑うと、

「ルパートには意地悪《いじわる》をしてしまったが、これが愛情を受けて育った犬じゃよ。他人のわしから見つめられて困って、君に救いを求めた。君も見つめた。そこで、ルパートは考えたんじゃよ、君がなにを考えているんじゃろうと……。これが感情なんじゃよ。感情の源《みなもと》は愛情だ。愛情があるから感情が生まれ賢くなる。人に飼われた生き物は、野生の生き物よりも賢くなる。飼い主がなにを考えているのか、ということを考えるようになるから

のう……」

その言葉に、彼女は思わず聞いていた。

「それじゃ、私たちと同じような感情を動物も持っているんですか……?」

小汚《きたな》い動物病院だった。

狂犬病の恐れもある。一刻も早くということで、一度も来たことがない病院だったが、公園からもっとも近いという理由だけで野犬に噛まれたルパートを連れてきていた。

「なにを言っとるんかね、君は……」

と人を小ばかにしたような口調で先生はジェニファーに答えると、つづけた。

「今ルパートに助けられたばかりじゃろう……、もし、君に対する感情がなければ、ルパートが助けるはずがないじゃろう……」

その言葉にジェニファーはうつむいてしまった。先生の言う通りだ。

先生はつづけた。

「すべては愛情があるかどうかじゃよ。ルパートは君にとても愛されている。それはルパートを見れば分かる。だから命をかけて君を守った。ルパートにとっては当然のことをしたまでで、感謝されるようなことじゃない……。君も行方不明になった犬や猫が、気の遠くなるような距離を歩いて飼い主の元へたどり着いたという話を聞いたことがあるじゃろう……、あの世界じゃよ、あの世界……。愛情があれば、なんとしてでも帰りたい、という気になる。じゃが、愛情を与えられなかった犬はどうなると思う……？　帰りたくても、帰る場所がない……、可哀そうじゃが、君が見た、あの野犬のように感情のない眼をしてうろつきまわり、最期は飢え死にすることになる……」

そう言うと先生は最後に、ジェニファーが今も忘れられない、あの衝撃的な一言を寂しそうにつぶやいた。

「動物は昔から感情を持って生きている。人間の方じゃよ、人間の方……、欲のために感情を失ったのは……。さて、どこへ行くんかのう、感情を失った人間は……？」

あの先生の名前も知らない。二度と行くことがなかったからだ。あのころはなにが本物で、なにがそうでないのかを見きわめるには若すぎた。

あれから十八年経ったが、あの時の先生との会話は、まだすべて鮮明に記憶しているし、言葉の一つ一つが彼女に対して、真実のみが有する力強い説得力を持っている。

時々ジェニファーはホープが餌を食べている時、その様子を黙って眺めている。そんな時、ジェニファーの視線に気づいたホープが、彼女を見かえしてくる時があった。

そういう時だった、あの時の先生の言葉が、鮮明に甦《よみがえ》ってくるのは。ホープの眼には豊かな感情があった。

ホープはまさに、あの時の先生の言葉を裏付ける証明になっていた。

ホープは日に日に元気をとりもどし、食欲も日増しに旺盛《おうせい》になっていく。

漁師が魚を持ってきたり、エポーの町の先住民であるイヌイットの猟師が狩ったアザラシの肉を担いでやってきたりしてくれた。

このアザラシの肉は助かった。この肉の味を知らなければ、ホープは野生にもどれなくなる。主たる獲物の味を知ってはじめて狩りができるようになるからだ。

ジェニファーは、ウィリーにまだ言うことはなかったが、ホープが完全に体力を回復したら、いずれは野生にかえそうと思っている。野生に帰れなければ、動物園で飼ってもらうしかない。

せまい裏庭で飼いつづけることは、いくらウィリーの愛情があったとしても、ホープにとっては悲劇でしかない。

ジェニファーからそのことを聞かされていたイヌイットの猟師たちも、できる限りの協力を彼女にしていた。彼らたちもジェニファーには、日ごろから漁業組合の金庫からの借金を申し込んだりして世話になっていたのだ。

一度だけだったが、三人の猟師が一頭の狩られたばかりの新鮮なアザラシを持ってきた。将来野生にもどされた時に、アザラシを識別《しきべつ》するためには、今アザラシの全体の姿を見ておく必要があると猟師たちも考えたからだ。

周囲の気づかいに満ちた目に守られて、ホープはめきめきと体力をつけていった。裏庭の外には三層程からなる防風林があり、そこを抜けると小高い丘があった。ウィリーとホープはいい遊び相手になり、ホープの背中に馬乗りになって、その小高い丘にまでよく遊びに出かけた。

ホープが腰を落とすとウィリーは後ろから白い毛を両手でつかんで背中によじ登った。そうしなければよじ登れないほどに、ホープの体は大きくなっていた。そして時の経過とともに二人の間に育《はぐく》まれた愛情も、日増しに深くなっていった。

割れた額《ひたい》の後は三日月状にへこんでいる。その場所の肉がそぎ取られ、他の場所に生えている毛が、その場所に寄っているためだ。

でも生きていく上では、なんの支障もない傷跡《きずあと》だった。


ホープは時々悪夢に悩まされる時がある。寝ている時、時折前足が微妙《びみょう》に震える、ちょうどそんな時、その悪夢を見ている。それは母親と姉さんぐまを失った時の凄惨な記憶からくる夢。親子三頭は去年と同じように海氷が押し寄せる海岸にたどり着いていた。

去年の結氷は遅かった。まだ十一月初旬の藍《あい》色の海は十分に凍っていなかった。仕方がないから、食べるものがないかと浜辺を歩きまわったがなにも見つからない。

運が良ければクジラの漂着死骸《ひょうちゃくしがい》に出くわしたりする。そんな幸運に恵まれれば、アザラシのやってくるまでの食料には事欠《ことか》かない。

が、今年はなにもなかった。他にも何組かのポーラーベアの親子がいた。母親は海べりでは餌を見つけられないと判断し森に入った。

そしてその日がきた。

雪がよこなぐりに叩きつけてくる、そういう荒天の視界の悪い日だった。どんな荒れた日でも子ぐまは元気だ。姉さんぐまとじゃれ合いながら坂道を転げまわって下っていた。母ぐまはその後からゆっくりとついてくる。

その時は突然やってきた。

坂道を転げまわりながら下っていた姉さんぐまが、ホープの視界から消えたその瞬間、

「ギャッ！」

という短い叫び声を発した。

ホープが彼女の消えた場所へ急いで行くと、今度はいきなり白い太い腕がホープの頭に振り下ろされた。ホープは反射的に頭を低くしてかがんだ。そのため、その白い腕は、ホープの額の肉をそぎ取っただけに終わった。

その一瞬の間にホープは血まみれになって死んでいる姉さんぐまの姿を、その視界にとらえていた。それと同時に、白い腕の主が姿を現しホープに襲いかかってきた。それはオスの巨大なポーラーベアーだった。

親子三頭の姿を見つけたオスぐまは風下《かざしも》にまわり、待ち伏せをしていたのだ。このオスぐまもアザラシがとれない状況でいらだち、空腹を抱えて普段より凶暴になっていた。

ホープが、もうダメだ、と観念したときだった。凄い勢いで後ろから駆けてきた母ぐまがオスぐまに体当たりを食らわせた。そして右腕でオスぐまの顔を攻撃し、アザラシを引き裂く鋭い爪がオスぐまの左眼を、上から下に切り裂いたのがホープには見えた。

だがホープに見えたのはそこまでだった。ホープは恐怖の塊《かたまり》になっていた。

オスぐまの怒り狂った猛々《たけだけ》しいうなり声を背中で聞いたが、その場を必死になって逃げることしか、ホープの頭にはなかった。

その後どうなったのかは分からない。額から流れ落ちる血が眼に入ってきたが、それを気にする余裕もなかった。息のつづく限り走って逃げつづけた。

どれほど逃げていたのかも覚えてもいない。逃げおおせた、と思ったとき、はじめて駆けるのをやめた。

ふいごのように激しく吐き出される息が止まることはしばらくなかった。

やっとおちつくと、今度は母ぐまの安否《あんぴ》が気になってきた。付近を歩きまわり、鼻づらを上に向けて、いつもの鳴き声で母ぐまを、

「ググゥー、ググゥー……　……」

と呼びつづけた。が、どこからも母ぐまの返事はなかった。それからは、どこをどうさまよいつづけていたのか記憶にない。

ポーラーベアーのオスぐまとメスぐまには倍近い体格の差がある。母ぐまに勝つチャンスは一パーセントもなかった。

あの時の母ぐまのオスぐまへの体当たりは、ホープを助けるためだけの、死を覚悟した無謀ともいえる母性がなせる行動だった。

母ぐまはどれだけ待っても帰ってはこない。ホープは母ぐまの死を認めざるを得なかった。母ぐまと姉ぐまを一度に失った幼《おさな》いホープは、独《ひと》りでその場を後にした。

死と隣り合わせの状態で嗅《か》いだ、あのオスぐまの強い臭いを、ホープはまだしっかりと覚えている。

この悪夢を見るたびに、目の前で嗅《か》いだ、あのオスぐまの嫌な強い臭いが思い出されるのだ。それは忘れようにも忘れることのできない臭いになっていた。

そういう過酷《かこく》な状況を生き抜いてきただけに、ジェニファーとウィリーから与えられる

深い愛情は、層倍《そうばい》なものになってホープの心に届き、深く刻み込まれている。

二人からの優しい思いやりは、ホープを、本来のどうもうなオスのポーラーベアの性格ではなく穏やかなものへと変えていた。

第四章　突然の宣告

幸せな平穏《へいおん》な日々が、ジェニファーとウィリー、そしてホープの周囲ではつづいている。だが好事魔《こうじま》多し、という諺《ことわざ》もあるように、世間ではいいことが長くつづくことは、そう多くないようだ。

きびしい冬が、やっと重い腰を上げようとしている三月初めのことだった。ジェニファーは胸に痛みを感じていた。だいぶ前から背中が凝《こ》って、ハリのあるような感じがしていた。胸を触《さわ》ってみると小さなしこりも感じられた。

だが生活に支障はなく、多少の違和感はあったものの、痛みとも縁遠《えんどお》いものだったので忙しさにかまけて放っておいた。漁協の組合員の家族からは当てにされ、相談にくる町の人の対応に忙しかったからだ。

自分の体に対する過信もあった。若いころから身体は丈夫で病院とは無縁なこれまでの人生だった。病で倒れるとは露《つゆ》ほどにも思わなかった。

一年以上も前から胸に鈍《にぶ》い痛みを感じ、疲れやすくなっていることに気づいてはいた。組合員の家族に当てにされている毎日は、そんな些細《ささい》なことに気を配る余裕を奪っていた。

だがそれが些細《ささい》なことではない、と知らされる日がきた。

一月ほど前に町の小さな診療所で診察を受けたが、もう六十に手の届こうというフォスター先生の診察の結果は、

「乳がんの恐れがある……　……」

の一言だった。なるべく早く詳しい検査が必要じゃ……　……、などとと口ごもりながら、マニトバ州、州都のウィニペグにある大学病院への紹介状を書いてくれた。

いつもならはっきりとものを言う先生なのだが、この時はなぜか分からないが、歯切れが悪かった。ジェニファーには一抹の不安が残った。

その一週間後に大学病院で精密検査を受けた。結果は末期の悪性腫瘍（乳がん）だった。四か月ほどの余命宣告を受けた。

この結果で、フォスター先生の診察後の、あの歯切れの悪さが理解できた。先生にはこの結果が見えていたのだろう。

さすがのジェニファーも、聞いた直後は重すぎる衝撃で頭が真っ白になった。

早すぎる、ウィリーとの別れが早すぎる、という辛く、悲しい思いが、鋭い錐《きり》の刃先のように彼女の心にもみ込まれていた。

ウィリーはまだ十歳。

自分の不注意がこの深刻な事態を招いていた。その自分を叱り、詰《なじ》ろうとする自分がいた。でも今となっては、どれだけ自分を詰《なじ》っても、もうなんの意味もない。

死へのカウントダウンが始まってしまったのだ。悲しみに暮れている時じゃない、そう思う彼女の心に、ようやくいつもの冷静さがもどってきた。

少しでも多くの時間が欲しい中で、後ろを振りかえる猶予《ゆうよ》はもうなかった。ウィリーをきびしく育ててきた。

父親の代わりもしなければいけないのだ。甘い顔を見せてはいけない、優しくするのは成人した後だ、そう自分に言い聞かせながらここまで彼を育ててきた。

だが成人したウィリーを見ることはもうできない。

最期を迎える時までには、母親の優しい姿を、本当の自分の姿を、それを知らないウィリーに見せてやりたい、と願う気持ちが、汲《く》めども尽《つ》きぬ泉水のように湧いてくる。

だが生きる時間が限られた。よりきびしい態度が必要になる。母親として辛すぎることだが、その願いは捨てるしかなかった。今のウィリーをどうするのか？　将来のウィリーをどうするのか？　四か月先にはもう自分はいない。

ジェニファーは三日の間考えつづけた。

三日という貴重な時間の中で、あれやこれやと考え抜いた挙句《あげく》、出した答えが、母親のハリエットにエポーの町にきてもらう、という選択だった。ウィリーを託せるのは肉親のハリエットしかいない。とはいっても、母親がきてくれるという保証はない。

ジェニファーの母親に対する印象は、父親の陰に隠れて生きているだけの影のうすい存在。それだけにその決心を母親に求めることは酷《こく》なような気もする。

だが自分の高校進学の時、一度だけだが父親と激論を交わしていた母親の姿を、ジェニファーは朧気《おぼろげ》ながらに覚えていた。

まだあの情熱が母親にあれば、自分の願いに応じてくれるかもしれない……、そういった程度の期待しか母親にはなかった。しかも、あれはもう十八年も前の話だ。

でも頼れる肉親はハリエットしかいない。それがどんなに細い糸であろうとも今のジェニファーには、その糸に縋《すが》りつくしか道はなかった。

それだけに、ジェニファーは生まれてはじめて、断られた時の怖さ、心細さ、というものに心を鷲掴《わしづか》みにされていた。

今までは自分のやったことは自分にかえってきた。どういう結果がかえってこようと、自分が受け入れればいいだけの話だ。その強さは自分にはあると思って生きてきた。

今度は違う。自分ではなく、自分のやったことが、ウィリーにかえってくるのだ。

ハリエットに断られれば、母親のいないウィリーは一人ぼっちになってしまう。今その怖さと心細さに彼女は苛《さいな》まれていた。

ましてや、置手紙一本で後足で砂をかけるようにして家を出てきたのだ。

「今ごろになって、そんなことで電話をしてくる人が、どこの世界にいますか……！」

などと、罵倒《ばとう》されても、また途中で電話を切られても、仕方のない状況だと、彼女はいっぽうでは覚悟している。

なかなか決心できないままに、そういうことを行きつもどりつしながら、思い悩んだこの三日間。

その日、時刻は夜の十一時をまわり、ウィリーはすでにベッドに入っていた。雪はしんしんと降りつづいている。台所の椅子に一人座り、電話を前にしてもジェニファーはまだ迷っていた。

十一年ぶりにサンフランシスコの実家に電話をかけようとしているのだが、怖くてなかなかプッシュホンの番号を押せない。

三度ほど番号を途中まで押したのだが、躊躇《ためら》った挙句《あげく》最後まで押しきれなかった。

これが四度目だった。番号を押しはじめた。電話を切られたら、それはそれで仕方のないこと、とやっと割り切ることができた。

呼び出し音がなっている。

二度、三度、四度……、大きな屋敷だ。十度鳴らして出なければ受話器を置こうと考えていた。実家に電話することに、これほど躊躇《ためら》うとは思いもしなかった。

七度目の呼び出し音がなった時、カチャっと受話器を取る音が聞こえた。ジェニファーは、息を呑んで相手の反応を伺《うかが》った、父親なのか、母親なのか……？

お互いに無言のままだった。相手もなにかを感じたのかもしれない。そのままの無言の状態がしばらくつづいた。やがてジェニファーは自分の方から、

「ママ……？」

と、小さく声をかけた。

受話器を通して、ジェニファーに聞こえてきたのは、大げさなほどに息を深く吸い込む音、ごくり、と生唾《なまつば》をのみ込む音。

それっきりなにも聞こえない。

ジェニファーは待った、相手からの反応を。悪い予感が湧き上がってくるのを彼女は抑えられなくなっていた。

（矢張り、許してはもらえないのかしら……）

その不安におびえながら、彼女は待った。

外では、しんしんと降りつづく雪があらゆる音を消し去っている。部屋の中も、縫い針

の落ちる音さえ拾えるほどの静けさが支配している。

受話器をきつく耳に押し当て、ジェニファーは受話器の向こうでなにがおきているのかを知ろうとしていた。やがて限界いっぱいに引き上げられた彼女の聴覚が拾った音は、彼女の不安を根底から覆《くつがえ》す小さな声だった。

それはハンカチを口に押し付け、こらえるようにむせび泣く小さな声。

そのむせび泣く声を聞くと、たまらずにジェニファーの目からも一筋、二筋……、銀色に光るものがこぼれ落ちてきた。しばらく無言の会話がつづく。

やがて受話器の向こうで、控えめに、ごく小さく鼻をかむ音がすると、

「ジェニー、しばらくね、元気……？」

という、ジェニファーの愛称を呼ぶ、母親ハリエットの懐《なつ》かしい声が聞こえてきた。

その声を聞くとジェニファーはまた、たまらずに言葉に詰まっていた。

電話をかけることに、不安と躊躇《ためら》いしかなかったジェニファーにとっては、この母親の温かい反応は、全くの想定外でしかなかった。

受話器の向こうで小さくむせび泣いていたハリエットの声に、ジェニファーは母親の無償の愛、という言葉の意味を、はじめて知らされていた。

母親は、一言《ひとこと》つづけた。

「玄関のドアはいつでも開《あ》いていますよ……」

この母親の短い言葉で、ジェニファーが家出してから十一年もの長い間、彼女を支えつづけてきた心の支柱が、もろくも崩《くず》れさっていた。

彼女の目からは、こらえきれずに滂沱《ぼうだ》の涙があふれ出し、ジェニファーの中のハリエットとの、十一年間にもおよぶ長い空白の時が、瞬時《しゅんじ》に埋められたことを知らされた。

その間にハリエットは手早く娘に電話番号を聞くと、彼女の方からジェニファーに電話をしていた。

高額な国際電話の負担を娘にかけさせたくなかった、ということもあった。が、それよりも娘の電話番号を得ることで、一刻も早くジェニファーを取りもどしたかった。

もうなにがあっても二度と娘を失うという愚《ぐ》を、ハリエットは繰りかえしたくなかった。

母と娘の十一年ぶりの会話は二時間にもおよんだ。

今やハリエットは娘の置かれた状況を余《あま》すところなく把握《はあく》している。

娘に間もなく訪《おとず》れる死は、言葉に言い尽くせないほどに悲しい。だが、それを悔やんでも、もう仕方がない。

娘の言う通り、もっとも大事なことは残されるウィリーのこと。

彼女はジェニファーの願いを二つ返事で引き受けた。十日以内に荷物をまとめてエポーに行くと娘に約束した。

できれば明日にでもとんで行きたい。が、行けば娘を看取《みと》った後に幼《おさな》いウィリーの面倒を見る必要がある。その後、数年はウィリーと一緒に暮らすことになるだろう。

自分を取りもどしていた彼女は、冷静に娘の死とその先につづく動きを読んでいた。そのためのサンフランシスコでの後始末《あとしまつ》に、どうしても十日ほどは必要になる。夫のテッド・ウォーケンがなにを言おうと気にはしない。

十一年前のジェニファーの家出は、ハリエットの考え方、そしてそれまでにテッド・ウォーケンと歩いてきた彼女の生き方を根底から覆《くつがえ》していた。

ジェニファーの家出という行動に、若い時の自分の姿をハリエットは見せられていた。かつては自分も、ジェニファーのような熱い気概《きがい》を持って確かに生きていた。

歳を重ねると見えてくるものがある。ハリエットは今年五十八歳。無駄に歳を重ねていなければ、真実が見えてくる年齢になっている。

この気概とは、歳を経てもまたいかなる境遇に遭遇しても、決して変わってはいけない真実を求める心。

それが夫の傍《そば》で生きているうちに、拝金主義（金《かね》が第一という考え）というものに、意識することなく毒されていた。ジェニファーの行動が外面《そとづら》だけを気にし、この気概を忘れ去っていた自分の姿に気づかせてくれた。

あの日以来、今まで夫のテッドに協力して政治家や、実業家のパーティーなどに出席していた彼女は、かたくなに出席を拒《こば》むようになっていた。

それまでは、きらびやかな、贅《ぜい》を尽くした雰囲気、色鮮やかに装われた多くの人々、上流階級に属しているという優越感《ゆうえつかん》に首まで浸《ひた》っていた。

家出をされた後にハリエットが見た、その景色は全く異《こと》なって見えてきた。

その種のパーティーが、まるで安物の金メッキが剥《は》げ落ちるように、急速に色あせて見えてきたのだ。

色あせたその先に見えてきたものは、物欲《ぶつよく》に踊らされ、虚飾《きょしょく》という名の衣《ころも》を着た中身のない虚《うつ》ろな人々の群れ。

吐き出される数々《かずかず》の言葉には、今をとり繕《つくろ》うだけで真実のかけらもなかった。気づいてみれば、彼女もその中の一人になっていた。

その姿を見せつけられたハリエットは、これ以上自分の心の品位を落としたくない、と思った。だからそれまでの生き方を変えた。

もし自分のそういう態度に腹を立て、夫が離別《りべつ》を口に出せば、それに応じるつもりのハリエットだ。

ジェニファーの置手紙を見て全身が瘧《おこり》にかかったように震えた。

あの時の感情を決して忘れない生き方を、娘に誇れる生き方を、そしてなによりも、かつて持っていた本物の善の心を今のハリエットは取りもどしている。そして玄関のドアをいつも開けて、娘からの連絡を待っていた。

娘へのせめてもの罪滅《つみほろ》ぼしだ。残りの時間は娘が自分に託《たく》したことに、すべてを費《つい》やそうと、電話での会話の中ですでにハリエットは決めていた。

ハリエットとの電話を終えたジェニファーは、今までに経験したことのない幸せな感覚に浸《ひた》っていた。思ってもいなかった母親の愛の深さを知らされたからだ。

父親テッド・ウォーケンの名前は、会話の中で一度も出てこなかった。

母親は独断でエポーにくることを約束してくれた。それは、いつも父親の陰に隠れているという印象しかなかった母親が、母親としての真の強さ、潔《いさぎよ》さを見せた瞬間だった。

ジェニファーからすべての不安が、拭《ぬぐ》ったように消え去っている。自分より一まわりも二まわりも強い、背中に一本筋《すじ》の通った女性の姿を母親に見ていたからだ。

ジェニファーには、それが限りなく嬉しく誇らしかった。

ジョッシュが亡くなってからというもの、長い間、重い荷を一人で背負って歩いてきたような気がする。

ジェニファーは、はじめてそんな母親の姿に重荷をやっと下ろせる、という確かな感触《かんしょく》を得ていた。でもここで力を抜いてしまうと、最後のひと踏ん張りができなくなる。あと少し、あと少しだけ、見きわめがつくまでは、この荷を背負いつづける……。

エポーは北の最果ての町。四月に入り、季節は春を告げているが、気温はまだマイナス二十度以下。冬の名残《なごり》はまだいたるところに色濃く残っている。

この底冷えにも関わらず、今夜はぐっすりと眠れる夜になりそうだ。

ジェニファーにはまだ大きな問題が残されていた。

ホープを野生に帰すという仕事。ホープから絶対的な信頼を勝ち得ている自分にしか、この仕事はできない。だがウィリーとの関係を引き裂く仕事にもなる。

今やウィリーとホープは兄弟同然。これ以上に気重《きおも》な仕事はない。

「案ずるよりも生むがやすし……」

という諺《ことわざ》がある。諺通りにその機会は意外と早くやってきた。

ウィリーがテレビで動物園で飼われているポーラーベアーを見ていた時のこと、

「あのポーラーベアーは狭い場所に押し込まれて可哀そう……」

と口にした。その瞬間だった、今がその機会だ、とジェニファーの直感が閃《ひらめ》いたのは。

しばらく考えに落ちていた彼女は、やがて静かに口を開いた。

「そうね……、あのポーラーベアーは可哀そうよね……」

そうウィリーに同意すると、ジェニファーはつづけた。

「色々な生き物がいるけど、みなそれぞれに野生には帰る場所があるのよ、ウィリーにもエポーがあるように……。あのポーラーベアーにも北極に帰るお家《うち》があるの……」

ウィリーは黙って聞いている。彼女は目をつむり一拍間を空《あ》けるとつづけた。

「ホープも同じでしょ……、いつまでも首輪をして裏庭で飼っておくなんて、可哀そうだとは思わない……？」

そう言うと、ジェニファーはウィリーの顔をじっと見つめた。彼女に与えられた時間は限られている。先延《さきの》ばしにできることじゃなかった。

母親のこの突然の言葉に、ウィリーは顔をゆがめて抗《あらが》うように言葉を返した。

「野生に帰すと言ったって、ホープには母《かあ》さんぐまがいなかったんだよ、獲物の取り方も知らないのに、どうやって野生で生きていけるの……？」

この母親の言葉にとまどったウィリーはそう答えた。が、賢いウィリーにはその言葉が理解できていた。首輪をつけられたままでは、確かにホープは可愛そうだ。

でもなんと言われてもホープと別れるのは嫌だ。この気持ち、理屈では説明できない。

その返事に彼女の心も悲鳴を上げた、なんとしても兄弟同様のホープと離れたくないのだ。ジェニファーとて同じ思い、ウィリーの心のありようが痛いほどに伝わってくる。

だがここで妥協すれば結果として、もっと深い悲しみにウィリーを追い込むことになる。

「大丈夫、ホープは賢いから生きていける。もし、ホープが野生で獲物をとれないようなら、連れて帰る、ということじゃどう……？　その場合、もっと広い動物園に預けることにしましょう……。裏庭で首輪をつけて飼い続けるよりは、ホープにとってはずっと幸せだと思うけど……」

ジェニファーのその言葉に対して、ウィリーは顔をゆがめ、しばらく考え込んだ。そして、やがて諦《あきら》めたようにうなずいた。

彼も口に出すことはなかったが、気持ちの何処《どこ》かでは気づいていた、あの大きなホープを首輪をしたまま、せまい裏庭で飼い続けることは、決して幸せにはつながらないと。

ジェニファーは、ウィリーに気づかれないように止めていた息を大きく吐き出していた。

彼の表情で、担《かつ》いでいた最後の重荷をようやく下ろせた、と確信できたからだ。

ポーラーベアーは二年──二年半で成獣になる。

ホープはジェニファーが見るところ一歳半ほどだ。いつかは自然にもどそうと思っていた彼女には、ホープの成長に対する意識は常にあった。だから餌は常に十分過ぎるほどに与えていた。

できれば二歳を越えてから自然に放とうと考えていた。が、それはできなくなった。できるのは、まだ身体の動く今しかなかった。

年齢からみると早すぎる、でも賢いホープであれば、それは可能かもしれない、という思いがある。

ジェニファーはホープが示す動きにかなり高い知能を感じている。

見つめた目をそらさないことも、その一つだが、言うことを聞かないホープを叱ったときなど、彼女のその感情が、そのまま正しくホープに伝わっているんじゃないか、と思える態度を見せることも二度や三度じゃなかった。

またジェニファーには以前何かの本で読んだイルカの知能より、ホープの知能の方が高い、と思った記憶もある。

賢いことで知られるイルカは、時として道具を使ったり、また計算された集団行動によって獲物を捕まえる。

海綿や海藻を使い、海底の砂地に潜んでいるヒラメを驚かせて、砂地からとび出してきたところを仕留める。また、群れで魚群を浅瀬に追い詰めて、逃げられないようにしてから集団で捕食する。

これはほんの一部の例でしかない。生きている環境によって、より多様な狩りの方法をイルカは、その高い知能のおかげで自分で編《あ》み出すことができる。

野生の生き物の知恵は多様性に富んでいる。人はそのほんの一部を知るのみだ。ジェニファーはイルカ同様か、またはそれ以上の知能を、ホープの中に感じていた。

体力には全く問題がないと彼女は確信している。

野生ではほとんどの時を腹をすかしているのがポーラーベアーだ。そのために、半年ほどを絶食に耐えられるほどの能力を与えられている。

そのホープにこの半年というもの、十分な餌を与えつづけていたのだ。

栄養が全身にいきわたっている。身体の大きさも成獣に劣らないほどに育っている。問題は自然に対する順応性《じゅんのうせい》だけ。

野イチゴやその他のベリー類を摘みに森に入った時、驚いたことにホープはウサギを捕まえてきた。二・五キロ先の氷の下に隠れている子アザラシを嗅ぎ分けるほどの嗅覚能力を有していれば、そんなに驚くことではないのかもしれない。

ウサギはベリー類では得られない貴重な動物性たんぱく質をホープに提供してくれる。この豊かな食性は、ホープが独りで生きていく時に大きく役立ってくれるはずだ。

五日後に、エポーから百五十キロ余り離れた流氷が押し寄せる海べりまで、ホープを連れていくことに決めた。

ジェニファーはそれまで十分に与えていた餌を徐々に少なくした。

それまではほとんど鳴かなかったホープが鳴くようになった。餌が少なくなったという理由よりも、なにかの変化を感じ取ったように彼女には思えた。

餌をやる時のジェニファーの顔をホープがずっと見つめるようになったからだ。生き物に豊かな感情があることを、ホープの眼の動きから彼女は、あらためて思い知らされていた。

ジェニファーには、真っすぐ自分を見てくる、ホープの眼を見ることができなくなった。彼女にとっても、自分を母親だと思っているホープは、ウィリーと同様に手放せない存在になっていたからだ。

ホープが鳴くようになって、ウィリーがホープと一緒に寝ると言い出した。

裏庭には漁業組合の敷地に放置されていた、小型のコンテナを改造して雨風を防ぐためのクマ小屋を作っている。そこに分厚い寝袋を持ち込んで寝ると言い出した。

ジェニファーは許した。他の生き物は同じ地球の子供だ。そういうつき合いがあってもいいと思っている。ましてや数日後には永遠の別れが迫っている。

その日から、ホープの鳴き声がやんだ。そのことでジェニファーはあらためて強い確信を抱いていた、ホープが豊かな知能と感情を併《あわ》せ持っていることを。


ホープとウィリーを荷台にのせた中型トラックは、砂地の中に岩場の多い海辺に止まっていた。五百メートルほどの海の向こうに流氷が見える。流氷の上には黒い点のようなものが確認できた。眠っているアザラシの姿。

三日前にイヌイットの猟師に聞いていた、今年はアザラシが多くやってきていると。もしそうであれば、ホープが自然に順応《じゅんのう》できれば、今年餓死する心配はなくなる。

彼女が実際に見た海の状況はイヌイット猟師から聞いていた通りだ。

ジェニファーは荷台を開けるとのせていた丈夫な立て板を、荷台と地面をつなぐようにたてかけた、ホープが自力で下りられるようにするため。

砂地に降り立ったホープは大きな体で、ウィリーにじゃれつくようにはしゃいでいる。ジェニファーは冷静な目でホープを見つめていた。彼女にはホープがこの自然に順応できるかどうか見きわめる必要があった。

やがてホープは、海の香を嗅《か》ぐように、鼻を空中に高くつき出した。そしてジェニファーのもとにくると、いつものようにジェニファーの手をなめだした。

それはまるで、

（お腹がすいたから、獲物を捕りに行ってもいいか……？）

と、彼女の許可を得るような仕草《しぐさ》に彼女には見えた。

「いいわよ、行ってきなさい……」

彼女は両手でホープの大きな顔を挟みこむと、声に出してそうホープに語りかけた。

ホープは並んでたっているウィリーに眼をやると、今度はウィリーの手もなめた。ウィリーの目に涙があふれてきた。

最後の別れをホープがしてきたように彼には思えた。

ホープは大きな体を左右に揺すりながら、ゆっくりと目前の海へと歩いて行く。

昨日はごく少量の餌をやっただけ。今朝は餌をやらずにこの海辺に連れてきた。空腹でなければ、どんな生き物でも狩りをしない。

ジェニファーはホープが海に入れるか、どうかを危惧《きぐ》していた。幼いポーラーベアーは水を怖がる。年齢から考えてホープは海に入った経験がないと考えていた。

海に入れなければ獲物は狩れない。もう連れて帰るしかない。

だがその心配は杞憂《きゆう》に終わった。ホープはなんのためらいも見せずに海に入った。ジェニファーは生き物の持つ、本能という強い力に改めて驚かされていた。

持参してきた双眼鏡でジェニファーはホープの動きを追う。

ホープは悠然《ゆうぜん》とアザラシの休んでいる流氷に向かって泳いでいく。が、流氷との距離が三十メートルほどになった時、突然ホープの姿が双眼鏡の視界から消えた。

彼女は慌《あわ》ててホープの姿を探した。が、どこにも姿がない。

（はじめての泳ぎだ、溺《おぼ》れてしまったのか……）

その心配が一瞬、脳裏をよぎった。が、二分ほど後に流氷の向こう側に浮かんだホープの頭が見えた。潜水して向こう側にまわり込んでいた。

ジェニファーはホープの賢さに舌を巻いていた。

ホープは何度も母親の狩りの仕方を海辺から見ていた。そのやり方を真似《まね》ていただけ。まわり込んだホープは、眼だけを海中から出して、アザラシの位置を確認すると、流氷にゆっくりと近づき、流氷の縁《へり》に前足をかけると勢いよく流氷上に躍《おど》り上がった。

気づかずにのんびりと休んでいたアザラシに逃げるすべはなかった。

空腹を抱えていたホープは満足するまでアザラシの肉を腹に入れた。海辺を見るとジェニファーとウィリーがこちらを見ている。

ホープは自分の最初の獲物を自分の家族にも分け与えようと、アザラシの肉を食いちぎり、海に飛び込んだ。

ホープが海中から浮き上がり、再び海辺を見ると、そこにはもう二人の姿はなかった。ホープはウィリーがよくやっていた隠れん坊をしているのだと思った。

海辺に泳ぎ着くと、アザラシの肉を足もとに置き、低い鳴き声でウィリーを呼ぶ。何度呼んでもウィリーが出てくることはなかった。

しばらく辺りを嗅ぎまわり、何度も、何度もジェニファーとウィリーを呼んだ。が、返事はどこからもない。それでもホープは姿を消した二人を待った。

かつて母ぐまと姉ぐまを一度に失った。もうあんなに寂《さび》しくて嫌な思いをしたくはなかった。

やがて周りが茜色《あかねいろ》に染まり日が暮れなずんできた時、ようやくホープは知らされた、また独《ひと》りぼっちになった……、ということを。


エポーへの帰途《きと》、トラックのハンドルを握るジェニファーと助手席のウィリーは互いに黙りこくっている。ウィリーは覚悟していた、別れの後に辛さがやってくることを。

だが覚悟することと実際の辛さはまったくの別物だということを、思い知らされていた。

ウィリーはその深く辛い悲しみに顔をゆがめていた。

母親は自分の何倍も悲しいことだろう、そう思ったウィリーは、一言も口をきかずに黙りこくっている母親の顔を、そっと盗み見るようにして見た。

そこにはウィリーが今までに一度も見たことがなかった、悲しみに打ちひしがれた母親の顔があった。

母親は正面を見据え、唇をかみしめて運転しながら、なにかをブツブツとつぶやいて涙を流している。

（ホープ、死んではいけない、生きて……、私たちのために生きのびて……）

ウィリーには、そのつぶやきが、そう聞こえた。でも彼にも正確に母親がなんとつぶやいているのか、聞きとることはできなかった。

なんとつぶやいたのか聞こうとした。が、聞けなかった。そこにはウィリーにでさえ言葉をかけられないような、深く悲しみに沈んだ母親の姿があったからだ。

ジェニファーの運転するトラックは、ホープが歩く道とは、二度と交《まじ》わらない道へと走り去っていった。

第五章　陽《ひ》の陰《かげ》り

だれもいないはずの我が家に灯《あか》りが点《とも》っている。

ジェニファーは怪訝《けげん》な顔をして玄関のドアを開けた。台所から手を拭きながら、笑みを浮かべて姿を現したのは、母親のハリエット。

「おかえりなさい……」

と言って二人を迎えると、

「あなたがウィリーね……」

そう言いながら両手を差し出してきた。ウィリーがジェニファーを見ると、彼女はウィリーにハリエットを紹介した。

「サンフランシスコからいらした、あなたのおばあさまよ……」

ハリエットがくるのは二日後の予定だった。万が一、ハリエットがこれなくなった時のことを考えてウィリーには知らせていない。

「思いのほか色んな始末が早くついたの。早くきた方がいいと思って……」

と言いながら差し出されたハリエットの両腕に、ウィリーは飛び込んでいった。ハリエットの胸には、母親とはまた違う温かさがあった。

笑みを浮かべたままジェニファーを見つめていたハリエットの内心は、十一年の時を経た娘の面変《おもが》わりに驚いていた。

病気のせいだけではない、人知れず重ねてきた色々な苦労が表情ににじみ出ているような気がする。が、情の強《こわ》いところは昔のままだ。ハリエットは、なぜかそのことに気の安まりを感じた。

娘の持っていたもっとも大事なもの、何事にも安易に妥協《だきょう》はしない信念というものを、じきに訪れる死病でさえも奪えなかった、と思えたからだ。

ウィリーとのハグがすむと、母と娘はしっかりと抱き合った。

娘の目には、十一年ぶりの再会で、大粒の涙が浮かんでいたが、ハリエットの顔から笑みが消えることはなかった。

ハリエットは心に固く決めている、娘の前では決して涙を見せまいと。

どれほど辛くても、まだ幼いウィリーを残して逝《い》く、娘の辛さに勝《まさ》る辛さがどこにあろうか。それを考えれば、安易に涙などは見せられない。

やがて三人は和気あいあいとした雰囲気の中で夕食を囲んでいた。

二人の留守中に、組合長にカギを借りて家の中に入った顛末《てんまつ》を、面白可笑《おもしろおか》しくハリエットは二人に語っていた。

「この家にカギが掛かってだれもいないものだから、お隣さんに聞いたら、組合長のトンプソンさんがカギを預かっていると聞きました……」

そこまで言うと口に手を当てて、さも笑いをこらえるようにハリエットはつづけた。

「それで、組合長さんの家に行きカギを貸してもらおうとしたんですよ。すると、あの人が、私のことを、ジェニファーのお姉さんですか？　って、聞くのよ。私があなたのお姉さんですって……！」

そうハリエットが目を丸くして、ジェニファーに言うと、期せずしてジェニファーから大爆笑が湧いた。ウィリーも腹を抱えて笑っている。

ハリエットは洗練された大都会の上流社会の中で暮らしてきた。洗練という言葉からは縁遠い、田舎《いなか》町の漁業組合の組合長から見れば、その姿は、かなり若く見えたのかもしれない。その組合長の姿は、確かにユーモアにあふれている。笑いに満ちた中で、夕食は和《なご》やかに進んでいた。短い間かもしれないが、明日からもこんな雰囲気の中で生活をできることをジェニファーは願っていた。

ホープと別れた寂しさはベッドに入ってから、じわーっと滲《にじ》み出してくるような気がする。でもあの狩りの仕方を見ると、ホープをこの時期に自然に帰したことは正しいことだった、と心底ジェニファーには思える。

ウィリーもそう思ってくれるだろう……、という思いが、食事中のふとした合間にジェニファーの胸中をよぎっていた。

食事が終わり、ジェニファーは台所で洗い物をしていた。

まだ食卓に座っているハリエットは、ウィリーと楽しそうにサンフランシスコのことを話していた。話の上手《うま》いハリエットの語り口に、好奇心の強いウィリーは目を輝かせて聞き入っている。

その合間に、

「手伝いましょうか……？」

とハリエットが、ジェニファーに軽く声をかけてきた。

「いいのよ……、身体が動けるうちは私がします……」

と何気《なにげ》なく返事したジェニファーは、思わず自分のその言葉に、しまった！と思った。

果たして、その言葉にウィリーが鋭く反応してきた。

「身体が動けるうちって……、ママ、具合が悪いの……？」

と、心配そうに聞いてくる。

「今日はホープのことがあったりしたでしょう……、少し疲れ気味ということよ。でも、大した疲れじゃないから、もう大丈夫よ……」

と、何とか言いつくろったが内心は、冷や汗の出るような心地だった。

余命宣告を受けたことをウィリーはまだ知らない。色々なことを他人は言うかもしれない、でもジェニファーは知らなくていいことだと思っている。

人の悲しみはどれほど深かろうと、そう長くはつづかない。

父親は生まれる前に死んだ。今度は母親を十歳という幼い時に失うのだ。ウィリーの悲しみは底なしに深いものになるだろう。

ウィリーのその悲しみは、死をまじかにしている自分には分かるような気がする。それは、目をそむけたくなるほどの、むごい仕打ちにも似た悲しみ。

そんなにも深い悲しみにウィリーを追いやるのは、一度だけで、一度だけで沢山だ、と彼女は思っている。

だからこのことは、最期まで隠し通すつもりのジェニファーだった。

この気持ちはハリエットには伝えておく。彼女が自分の死後、ウィリーに伝えてくれるだろう。それがウィリーに対して、

(どうすべきか……？　余命宣告のことを話すべきか、否《いな》か……？)

と、悩み苦しんだ末のジェニファーの、自《みずか》らへの答えになっていた。

ハリエットがエポーの町にきてから二月《ふたつき》が過ぎようとしている。その間は、なんの変哲《へんてつ》もない、日常の繰り返しの時が何事もなく穏やかに流れていた。

病魔がジェニファーの体の中で突然目を覚ましたのは、その翌日の夕食後だった。

その日は妙に熱っぽかったが、なんとかしのぐことはできていた。今までであれば、なんとかしのいでいくうちに、その熱もだるさも軽減していった。

だが今度の症状は頑《かたく》なにジェニファーに取りつき、さらにその勢いを増している。そして、そのまま彼女をベッドにまで引きずり込んでいた。

ジェニファーは悟っていた、やっと病魔が本気になって襲ってきたということを、そしてこの状況は最期を迎えるまでつづくということを。

その日から彼女の寝室は病室に変わり、母親のハリエットは寝室に補助用ベッドを持ち込んだ、二十四時間の看病のため。

ジェニファーは、なぜ容態が急変したのか分かっている。

原因はハリエットの存在だ。一人で重荷を担いでいくしかない、と今まで心を張って生きてきた。だがハリエットへの信頼が、その心の張りをほぐしてくれた。そこにわずかな隙《すき》ができて病魔につけ込まれた。

でもジェニファーは感謝している。ハリエットがいなければウィリーが一人残される。言葉に尽くせないほどの重い荷物を残したままの旅立ちになる。

今のハリエットとウィリーの関係を見ていると、自分の死で一時的には悲しむかもしれない、が、彼女の手の中で、立派に成長していくウィリーの姿を容易に思い描ける。

ハリエットには感謝の気持ちしかない。

心残りは、ジェニファーがずっと心に抱きつづけてきた、自然の優しさと大切さを、子供たちに伝える本が書けなくなったということ。そしてそれ以上に、環境破壊の問題についてウィリーと十分に話ができていなかったということだった。

(成人するまでには、まだ時間があると思っていた。その自分が、まさかこうなるとは……、まさかこうなるとは……)

この口惜《くや》しさに、ジェニファーは唇が白く色変わりするほどに固くかみしめていた。


ウィリーは言い知れぬ不安にさいなまれていた。

母親が半年ほど前から痩せてきた。それが最近になって急激に痩せてきたように思える。

診療所のフォスター先生もしきりに往診するようになった。エポーの青い空の下でドーソン家一ヵ所だけが陽《ひ》の陰《かげ》りに遭《あ》っている。

ジェニファーの容態急変後、十日ほどが経ったある夜、ウィリーはそっとジェニファーの寝室のドアを開けていた。時刻は午前二時をまわっている。

その夜、彼はどうしようもなく不安な気持ちにかられ、どうしても眠ることができなかった。不安に耐えられず真夜中にも関わらず、寝室の前まで来てしまっていた。

彼女は月の光が青白く差し込む部屋の中で、ベッドに横たわったまま窓を通して見える月を愛《いとお》し気《げ》に見ていた。

ハリエットは、寝室の隅に置かれた補助ベッドで、穏《おだ》やかな寝息をたてて眠っている。

部屋に入ってきたウィリーを見ると、ジェニファーはウィリーに弱々しい笑みを浮かべ、ベッドの中から白く痩せた腕をウィリーに向けて伸ばした。

ウィリーはその腕を大事そうに両手で抱きしめると俯《うつむ》いた。ジェニファーはその俯いた顔を手で軽く持ち上げた。

月の青白い光に映《うつ》し出されたウィリーの顔は、涙で銀色に光っていた。そして突然、

「ママ、死んじゃうの…　…?」

と、ジェニファーの顔をまっすぐに見つめて言った。

まったく予期していなかった、ウィリーの肺腑《はいふ》をえぐるような一言。その一言を聞いた時、ジェニファーは息の詰まるような思いに襲われ、思わず目を閉じていた。

そのまましばらく考えていた彼女は、やがて静かに観念《かんねん》した。先に行ってどんなに深い悲しみにウィリーが見舞われようとも、自分に間もなく訪れる死を、もう隠してはおけない……、と。

それほどの悲嘆《ひたん》さをにじませた、ウィリーの心の叫びにも似た一言だった。

ジェニファーはウィリーの涙を親指で、愛《いと》おし気《げ》に拭《ぬぐ》うと言った。

「ごめんね、ウィリー……、ママはもうじきに、パパの所へ逝《い》ってしまうの……、本当にごめんね、ウィリー……」

ウィリーは心のどこかで母の死を予感していた。が、それは、まさか、という気持ちがないまぜになった曖昧《あいまい》なものだった。

母親の口から、あらためてその言葉を聞かされると、新たな深い悲しみが心の奥底からわき上がってくる。

別人のように痩せてしまった、でもまだ温かみのあるジェニファーの胸に顔をうずめて、小さな肩を小刻《こきざ》みに震《ふる》わせ、涙を流すしかウィリーにできることはなかった。

そのウィリーの細かく揺れる頭を両手で抱きながら、我が子に悲しい顔を見せまいと必死でこらえていたジェニファーの瞳《ひとみ》からも、こらえきれずに銀色の涙がいく筋もこぼれ落ちてきた。

お互いの肩を小さく震《ふる》わせるだけの、母と子の悲しい沈黙の会話はしばらくつづいた。

やがてジェニファーはサイドテーブルのティッシュを一枚ぬきとり涙を拭《ふ》くと、静かに部屋の隅《すみ》のベッドで寝ている母親に目をやった。

陰《かげ》になり黒く盛り上がったハリエットのベッドにはなんの動きもなかった。よく寝ているようだ。それにジェニファーは少しだけ安堵《あんど》していた。

母親までを余計に悲しませたくはなかった。

だがハリエットは眠ってなどいなかった。

ハリエットの頬《ほほ》にも、いく筋もの涙が伝《つた》っている。

体を動かすことなく、声を出すこともなくそのままの姿勢で、彼女はとめどなくあふれ出てくる涙を流しつづけていた。

こらえても、こらえても、いくら必死でこらえても、ハリエットはこぼれ落ちてくる涙を止めることはできなかった。

自分が泣くことができるのは、ジェニファーが逝《い》った後、と固く心に誓っている。だが彼女の針の先ほどにも研《と》ぎすまされた神経は、母と子の密《ひそ》やかな話を拾っていた。

娘と孫が永久《とわ》の別れの話をしている。それを聞かされている祖母ほど悲しい存在がどこにあるというのか……。

声だけは出すまいと、シーツを握りしめる両手が白く変わるほどにこらえている。

ジェニファーが安らかに旅立てるように……、とハリエットは冷静な母親の役割《やくわり》を必死の思いで演じつづけている。

唇を血がにじむほどにかみしめながら声を押しころし、とめどなく涙を流しつづけるハリエットの姿に、母と子が気づくことはなかった。

やがて明け方近くになり、ジェニファーはウィリーに促《うなが》した、少し眠るように、と。

そして、

「明日からは、毎日お話ししましょうね……」

とささやくように語りかけた。ウィリーもその言葉に、納得したようにうなずくと、母親の寝室を後にした。

まじかに迫る自分の死を隠すために、ウィリーと話す機会を少なくしていた。それがウィリーを、さらに深い悲しみへと追い込んでいたようだ。

この命があとどれほどもつのか分からない。が、できるだけ多くの話す機会を持とうとジェニファーは考えていた。環境問題については話すことはまだ多くあるのだ。

真に勇気のある人とは、劇的なことをする人でもなければ、人になにかをしてやろうという人でもない。

人に尽くしたいと思う心を持っている人、ジェニファーはそう考えている。夫ジョッシュがそうだった。ウィリーを救ってくれたジョージもそうだった。

そのようにジェニファーはウィリーを教育してきた。

人々は今急激な環境悪化に苦しんでいる。微力《びりょく》でもいい、その問題解決に尽くせるような人に、ウィリーにはなってほしいという彼女の願いがあった。

どれほど今のウィリーに理解できるか分からないが、自分の生きている時間を少しでもそれに使えば、いつかは理解してくれるかもしれない……、という新たな気持ちが彼女には生まれていた。

次の日からそれは始まった。

ジェニファーの体調が少しでも良ければ、ウィリーと話すようになった。体力を病魔に奪われている。途切れ途切れの対話だった。それでも彼女は話しつづけた。

ハリエットは、そのすべてをジェニファーの看護をしながら聞いていた。

若い時分からの、娘の環境に対する真摯《しんし》な思いを、多感な若い娘がかかりがちな流行《はや》り病《やまい》だ……と、今にして思えば、軽く考えていたような気がする。

ジェニファーを見ていると、その思いは今や、彼女の命をかけた執念《しゅうねん》のようにも思える。

環境の将来と、ウィリーの将来がいつしか同じ次元の問題として、ジェニファーの中では存在しているのかもしれない。

彼女の、環境の将来にかける思いには、それほどに深いものがあった。

ハリエットはまた娘から昨夜頼まれたことがあった。

「ママ、お願い、パパには生きているうちに謝《あやま》れなかった、だからお願い……、言ったようにして、後生《ごしょう》だから……」

と、必死の思いで頼まれた。

「だって、ジェニー、パパはそんなことをしてもなにも変わりはしないよ……、あの人はなにをしても変わらない、筋金《すじがね》入りの俗物《ぞくぶつ》なの、それでもいいの、ジェニー……？」

そう言って、ジェニファーの頼みに反対したハリエットだったが、あまりにも必死に願ってきたので、得心はしなかったが、娘のその最期の頼みを引き受けてしまった。

終焉《しゅうえん》の日は唐突《とうとつ》に訪《おとず》れた。

ウィリーと話をするようになってから十日目の朝だった。いつものように朝早く目覚めたハリエットは、

「おはよう……」

と目を開けているジェニファーに声をかけた。そして、

「今朝もいい天気よ……」

と挨拶《あいさつ》しながらカーテンを開けた。

いつもは挨拶をかえしてくるジェニファーから、今朝《けさ》はなんの言葉もかえってこない。その瞬間、言いようのない氷のような違和感が彼女の背筋を走った。

ハリエットは振り向いてジェニファーの顔を覗《のぞ》き込んだ。目を開けたままの彼女の表情が動くことはなかった。

彼女は痩せて一まわりも小さくなったジェニファーの体を二、三度揺すった。彼女は瞬《まばた》きすることもなかった。彼女はだれにも、なにも言うこともなくひっそりと旅立っていた。

（ジェニーが死んだ……）

そう娘に向かって呆然《ぼうぜん》とつぶやくと、病魔と闘い、うすくなったジェニファーの体にハリエットは無言で突《つ》っ伏《ぷ》していた。

やがてその体が小刻《こきざ》みにふるえだすと、嗚咽《おえつ》がもれ出し、それが号泣《ごうきゅう》に変わった。今までこらえつづけてきた涙がほとばしるようにふき出してきた。

（もうジェニーはいない……）

それはハリエットが見せた生涯《しょうがい》でただの一度の号泣だった。

ハリエットには分かっている、これほどの悲しみには、今から先どれほど長く生きようが決して出遭《あ》うことはないと。

ハリエットの号泣を耳にしたウィリーも、寝室に駆けこんできた。

そこには、なにがあっても背筋を伸ばし、冷静な態度を決して崩さなかった、昨日までの祖母の姿はなく、、ジェニファーに取りすがって泣き崩《くず》れる一人の老女がいた。

ウィリーは、その光景を見て不思議な感覚に襲われていた。

母親の亡骸《なきがら》を前にしても悲しさを感じないのだ。いつもは、またね、ウィリー…　…、と言って見送る母親が、昨夜に限っては、

「ありがとう…　…、ウィリー…　…」

と、かすれた声をかけてきた。その言葉が妙に気になっていたが、それを今ウィリーは理解できていた。

それは、死を悟《さと》った母親の万感《ばんかん》の思いを込めた、ウィリーへの最期の言葉だった。

十歳のウィリーがこの時、もっとも気になったのは、母親の開《あ》いたままの目。

(ママの目はなにを見ているんだろう…　…?)

ウィリーには、なにかは分からないが、遠くにあるなにかを、母親がじっと見つめているような気がしたのだ。

心が引き裂《さ》かれるような、言いようのない悲しさというものは、後からじわりとやって

くることに、幼《おさな》いウィリーが気づくはずもなかった。

その底なしの悲しみにウィリーが襲われたのは、葬儀《そうぎ》を終えた夜のこと。

母親を想いながらベッドの中で泣くウィリーのむせぶ声が、いつまでもエポーの、夜の静寂《しじま》をふるわせていた。

ハリエットはジェニファーがずっと使っていた、暖炉の前の揺り椅子に揺られながら、ウィリーの、いつ果てるとも知れない悲しみにつき合っていた。

その脳裏には娘ジェニファーの、ウィリーと同じ十歳のころの楽しい顔、笑みではじける笑い声だけが浮かび上がり、走馬灯《そうまとう》のように駆け巡っている。

最初は楽しそうにほほ笑んでいた彼女の目からは、いつしかこらえ切れずに、銀色に光るものが滴《したた》り落ちてきた。

色々な楽しかった、小さい頃のジェニファーとの思い出の一つ、一つが、ハリエットの涙腺《るいせん》に触《ふ》れ、そのすべてがいく筋もの涙に変わっていた。

父親のテッド・ウォーケンがジェニファーの弔《とむら》いにくることはなかった。

「グウォー……　……」

という猛々《たけだけ》しい大きなオスぐまの吠え声に、母ぐまと二頭の子ぐまは金縛りの状態になったように、動けなくなっている。

右から来た道が崖の下につき当たり、その道が左の方へ向かって伸びているという、くの字の根元の崖下に、ポーラーベアーの親子三頭は、追い詰められていた。

季節は四月の中旬。今年はアザラシがくるのが遅れている。それが理由なのだろう。オスぐまにもわずかではあるが、身体に痩せが見える。

それでもこの腹を空かせたオスぐまの大きさは母親の倍近くはある。

最も危険な状態にこの親子ぐまは追い詰められていた。母ぐまだけなら逃げられる。だがこの母ぐまに子ぐまたちを簡単に見捨てる気はない。

母親も低く唸り声を出してオスぐまを威嚇《いかく》している。本能が命じる通りなら、母ぐまは左の道の方向に逃げ出す。

子ぐまも走ってついてくるが、遅れたほうの一頭が犠牲になる。その一頭が犠牲になっている間に、母ぐまともう一頭の子ぐまが助かるというのが、本能の描くシナリオだ。

この母ぐまは本能よりも、母性を選んでいるようだ。低く唸りながらも母ぐまは、ちらちらと、くの字に左に伸びた道の方へと視線を送っていた。

だがその母ぐまの目に、突然『絶望』という二文字が浮かび上がった。なんと左手の道からも巨大なオスぐまが現れたのだ。

逃げ道は完全にオスぐま二頭にふさがれた。絶体絶命《ぜったいぜつめい》とは、このような状態を指《さ》すのだろう。母ぐまは子ぐま二頭を背後に隠し、オスぐま二頭に死ぬ覚悟で挑むしかなかった。

だが左からきたオスぐまに唸り声はなかった。ゆっくりと三頭の親子の近くまで来ると、唸り声を上げている、右の道から歩いてくるオスぐまを見つめた。

「グ、グォー……　……、グ、グォー……　……」

見つめられたオスぐまは、敵意に満ちた威嚇《いかく》の高い唸り声を放った。

左の道のオスぐまは、唸ることもなくそのまま歩を進め、親子三頭の前に来ると、彼らを背後に隠すようにして、

「グォーーーッ……　……」

と、はじめて相手のオスぐまに凄まじい吠え声を放った。

やっと見つけた獲物《えもの》だ。次はいつこんな獲物《えもの》にありつけるか分からない。右側のオスぐまはここですごすごと、引き下がるわけにはいかない。

右から来たオスぐまは、たち上がると、親子の前にたちはだかるオスぐまに、凄まじい吠え声とともに、強烈な右腕を叩きつけた。

親子三頭を背後に隠したまま、たちはだかったオスぐまも応戦した。振り下ろされてきた相手の巨大な右腕を、左腕で素早くはたいたのだ。

相手のオスぐまは、その左腕の軽い一撃で、右横につんのめっていた。

オスぐま同士の争いでは、滅多《めった》に死に至るまでの闘いはない。負けを認めれば、それ以上の攻撃はしない。

相手のオスぐまは、最初の一撃のやりとりで格段の力の差を見せつけられていた。今まで何度も相手を倒してきた、全力での一撃を軽くかわされたのだ。

これ以上闘えば死ぬのは自分だ、そう思わせるほどの、それは圧倒的な力の差だった。そう悟ったオスぐまには退散するしか道はなかった。

闘いが終わると、何事もなかったかのように、左から来たオスぐまは柔らかな眼差しで親子三頭を見た。そして踵《きびす》をかえすと元来た道へと引きかえした。

オスぐまはホープだった。

ジェニファーとウィリーとの別れから五年が経っている。

ホープはジェニファーが確信した通り、持ち前の賢さを武器に成長をつづけ、今や強靭な巨大なポーラーベアーへと変身していた。

子連れの母ぐまを助けたのは今回で三度目。自分の生きている範囲で襲われる親子ぐまを見捨てることはホープにはできなかった。

ホープはまだ覚えている、姉さんぐまの血まみれの姿を、母親を見捨てて逃げ去った子供の時の自分の姿を。追い駆けてきたあの時の猛々《たけだけ》しいオスぐまの唸り声を、そしてあのオスぐまの嫌な臭いを。

だからオスぐまに襲われている親子がいれば助けてきた。理由はなかった。体が自然に動くのだ。ホープにその動きを止める理由もなかった。

ホープは森の中に入っていく。何故かは分からないが、助けた親子ぐまもついてくる。邪魔にはならないから放っておくことにした。

母ぐまはホープになにか安心できるものを感じていた。母ぐまの知っている、どのオスぐまとも、このオスぐまの眼の光は違っていた。穏やかさに満ちていた。

ついて行けば、決して危ない目には合わない……、そう思わせる雰囲気をこのオスぐまは漂《ただよ》わせていた。

やがて、オスぐまがなにかを夢中になって食べているのに気づいた。それはこの母ぐまが今まで口に入れたことのないものだった。

母ぐまはそれを口に含んでみた。甘い汁がじわーっとしみ出してくる。空腹を抱えていた母ぐまは夢中で食べだした。子ぐまたちも母ぐまの真似《まね》をして食べている。

野イチゴやベリーの類《たぐい》はウィリーの大好物だった。

ジェニファーは時間があると、野イチゴや他のベリーを摘みに、リードを付けたホープを連れて、よく近くの森に入った。

自分の口に入れたり、またホープの口にも入れてやった。

この一時《ひととき》はホープにとって、もっとも幸せを感じられる時間。だからこの味は、ホープにとっては母親の味ともいうべき味になっていた。

動物の子供たちは母親からもらう食べもの以外は口にしない。自然界には危険な食べ物も多くある。だから食性は母親によって決められる。

ポーラーベアーがあまり食べなかった、野イチゴやベリーというものが食べられるのだということを、そしてどういう場所にこういう食べものが多くあるかということも、ホープは母親代わりのジェニファーに教えられていた。

それがホープが自然の中で生きるための大きな助けになっていた。

それはこの親子三頭にとっても同様だった。夏場のアザラシのいない時期、この食性を得たことで、この親子が飢えることはもうないだろう。

野イチゴやベリーの類《たぐい》は、夏場にはふんだんになっている。

近年は、ポーラーベアーとヒグマの交配種《こうはいしゅ》が自然の中で生まれていることが報告されている。北極海の環境悪化のために獲物がとれなくなったために、餌を求めてポーラーベアーの一部が南下し、森に進出しているということかもしれない。

その中にはホープのように、野イチゴやその他のベリー類、またウサギなどの森の小動物を、生きるために捕獲するポーラーベアーが出てきても不思議じゃない。

交配種の特徴は、体毛は白く、爪はヒグマに似て長い。

これも長い目で見ると、ポーラーベアーが、十三万年もの長い間保ちつづけた種を絶やさないための知恵、また進化なのかもしれない。

ホープはまた海を目指して歩いていた。

ポーラーベアーの存在自体が自然にとっては必要。極北に暮らす小動物や鳥など、ポーラーベアーの食べ残しに依存している命もある。

営々と受け継がれてきた本能の命じるまま、ホープは明日に向かって今日を生きつづけていた。


ジェニファーの死から八年が過ぎようとしている。

エポーの町には、取りたてて口にするような変化はなかった。

昨日の時間が明日へと流れていくだけの、ゆったりとした時の流れの中で、ウィリーとハリエットは穏やかな日々を過ごしていた。

最近ウィリーが大都会を見たいと言い出してきた。ハリエットは悪いことじゃないと思っている。彼女は大学進学もウィリーに勧《すす》めてみた。エポーの町の若者は家業を継ぐか、漁船に乗るかのいずれかだった。大学に進む者はほとんどいなかった。

学歴が、本当の人生という時間枠の中で、そう大きな意味を持たないことを知っているハリエットも、進学を無理に進めることはしなかった。

そういう雰囲気の中でウィリーは成長していた。ただ彼の場合は、母親や祖母から大都会の色々なことを聞かされて育っている。

だから大都会への好奇心が小さいころに芽生《めば》え、その心が最近急激に膨《ふく》らんできていた。

ハリエットは娘がしていたように、すべてをウィリーの自主性に任せている。

ハリエットは夫のテッド・ウォーケンに手紙を書いていた、ウィリーのサンフランシスコでの就職先を依頼するため。今の時期に様々な経験をウィリーがすることはとてもいいことだと彼女も思ってのこと。

その返事は二週間後にきた。娘の葬式には姿を見せなかった夫だったが、まだ自分とウィリーには関心を持っているようだ。もし夫が連絡もよこさないようであれば、自分の伝手《つて》でウィリーの就職先は見つけるつもりでいた。

ハリエットもサンフランシスコの名門の法律家の家に生まれている。ただ孫の就職のことだったから、テッド・ウォーケンの祖父としての顔をたてただけのこと。

ウィリーがサンフランシスコへとびたったのは、それから十日後のことだった。ハリエットはエポーに残った。

幸いにしてハリエットもまた、このエポーの町を心底気に入っていた。その理由もジェニファーが抱いた理由とほとんど同じものだった。

そのことにハリエットは苦笑《くしょう》を浮かべることがある。母娘といいながら、こんなにも似た者同士の母娘がいたのか、という思いからくる苦笑《にがわら》いだった。

それはまた、ジェニファーと、もっと長い時を一緒に過ごせていたら、というハリエットの、取り返しのつかない深い口惜しさ、悲しみにもつながっていた。

ウィリーがサンフランシスコに来て半年が経とうとしていた。

祖父テッド・ウォーケンが紹介してくれた会社は、石油やオイルシェールといった資源開発をビジネスの中心にした、アメリカでも五本の指に入るほどの大企業。

十九歳になったウィリーは研究開発部門で、主任研究員の助手のような仕事を与えられていた。半年も経てば、その人間の能力は大体分かるようになる。

ウィリーは極めて優秀な頭脳に恵まれていた。

ジェニファーが個人的に教育した成果が如実《にょじつ》に証明され、異例の早さで将来を約束される人材として研究所内でも認められるようになっていた。

だがウィリーは、研究所の彼への評価とは裏腹に、この大都会に息の詰まるような思いを抱いて暮らしている。

エポーの町とは全く異なる環境になるだろう、と覚悟してやってきた。だがその違いはウィリーの想像をはるかに越えていた。

エポーの町では〝考える〟ということができていた。

この大都会では、人が多すぎる、物があり過ぎる、時間が早く流れ過ぎる。そのために、たち止まって〝考える〟という余裕を持つことが難しい。

さらにさまざまな企業によって、利益を得るために目先の変わった新しい文明の利器が、日々、限りなく生みだされている。

それを使いこなすために新しい知識が必要になり、その知識を理解できない人たちは置き去りの状態。

知識は使うもので、使われるものじゃない、と考えるウィリーには、都会人と呼ばれる人たちは、知識に振り回されているようにしか見えていない。

その知識は本当に生きるために必要なのか？　ということさえも問われずに、その問いは置き去りにされたまま。

良心のない知識は社会を滅ぼす。悲しいことに、その言葉に頷《うなず》ける現象が、大都会の隅々《すみずみ》にまで行き渡っているようにウィリーには見えている。

より豊かな生活を求めるために、現実に合わせて平気で真実をゆがめる多くの人々の存在が、何が真実なのか、をさらに分かりにくくしている。

果たしてこういう社会が、本当に健全な社会と呼べるのだろうか？　大都会に暮らすウィリーの悩みは深かった。

「真実は自然の営みを注意深く見ていれば分かるようになります……」

とウィリーは母親に教えられてきた。エポーで暮らしていれば、その言葉は正しかった。だがその自然がここにはない。なにが真実か都会ではわからない。

人が子どものころから大事にしてきた自然に対する思いさえも、生きるという目的のために、この大都会ではうすめられ、片隅へと追いやられている。

それだけに彼はたち止まり、自分の置かれた状況をどう改善すべきか？　ということを考えたかった。

だがウィリーには、忙殺される日々の時間に押し流され、歯がゆいと思いながらもその時間さえ取れない自分の姿に落ちこむしかなかった。

「良い忍耐には美しい花が咲くけど、悪い忍耐からはひどい臭いしか出てこないの」

という言葉を、母親が時々使っていた。

その言葉を思い出したウィリーは、悪臭が鼻につく前に、祖母ハリエットに自分の気持ちをありのままに記した手紙を出した。

ウィリーも母親が敬愛していた祖母には、全幅の信頼を寄せている。ウィリーの手紙を読みながら、ハリエットは柔らかく表情をくずしていた。

予想通りだった。大自然の中で育ったウィリーがサンフランシスコで、息の詰まる様子は手に取るように想像できていた。だがこの手紙の内容には驚かされている。大都会の様々なことを、半年という短い間に的確に分析できていたからだ。ハリエット、は娘の頭脳と豊かな感性が、ウィリーに色濃く受け継がれていることを、この手紙であらためて知らされていた。

ハリエットのウィリーへの返事は簡潔なもの。

「あなたの手紙の内容には同意できます、でもエポーの町に帰ってくるのは早いと思います、おじいさんのテッド・ウォーケンと話して決めたらどうかしら……？」

という内容だった。

この際だ、ウィリーにはもっと外の世界を見てほしい、とハリエットは考えた。その考えを夫に伝え、同時にウィリーと会って話すことを依頼していた。

「待たせたね、ウィリー……」

と言いながら、祖父のテッド・ウォーケンはいつもの店の給仕係が、丁寧に引いてくれた椅子に座った。

ハリエットからテッドが手紙をもらって一週間目の夜。

高層ビルの六十階にある高級レストランで二人は会っていた。これが二回目だが、一回目は新しい会社についての予備知識を持たせるためだけの昼食を軽くしただけだ。

このビルの三十五階にテッドの法律事務所はある。

食事中は、口の重いウィリーから時間をかけて近況報告などを聞いていた。食事を終わりコーヒーが運ばれてくると、テッドは話の核心に入った。

「実は、ハリエットから手紙をもらってね……」

との言葉にウィリーはテッドの目をまっすぐに見つめた。

テッドの目をまっすぐに見て話す男は少ない。たいていの男は、うまく視線をずらして話をしてくる。

テッドはまっすぐに見つめてくる、寡黙《かもく》な孫のウィリーの視線に違和感を覚えていた。

「君の考えはハリエットから聞いた。会社はアラスカとカナダのチヌークに資源開発関連の研究所を所有している。チヌークの研究所に転属できるように計らうつもりだが、君の意見はどうだい……？」

ウィリーの受け取ったハリエットからの手紙には、もうしばらく環境のいい外の世界で学んだ方がいいと思います……、と書いてあった。そのハリエットの意を汲《く》んだテッドの考えのようだ。

「おまかせいたします……」

と一言だけウィリーは返事した。

祖母の判断に異論はなかった。自分にも強《し》いてやりたいことがあるわけじゃないが、もう少し異《こと》なる世界を見てみたい、という気持ちはあった。働く場所はどこでもよかった。

テッドは、このウィリーの言葉に深くうなづいた。

テッドは気持ちの中で、ウィリーの存在を多少持て余していた。ハリエットはウィリーの手紙のコピーも一緒に送ってきていた。

そのコピーを読んだテッドは、ハリエット同様にウィリーの感性の鋭さに触れていた。長年、世間の頂点に存在しているような輩《やから》と、法廷の場で争っているのだ。感性が研ぎすまされていなければ、とてもじゃないが勝つことなど覚束《おぼつか》ない。

そのテッドの感性がウィリーの鋭さをとらえていた。テッドは娘ジェニファーをウィリーに見ている思いがする。娘も自分が感心するほどに鋭い感性に恵まれていた。

鋭い感性を持つこの孫に、どう対応すればいいのか、出せる答えがテッドにはなかった。

ウィリーを持て余している心地《ここち》は、このことから生じている。高学歴の世故《せこ》に長《た》けた人間しかテッドの周りにはいない。

ウィリーは孫には違いなかったが、今までに出会ったことのない、相手の意を忖度《そんたく》することなしに、真っすぐに物事を見つめてくる人間だった。

この食事の後、十日目にウィリーはチヌークの研究所に転勤した。

テッドはこの大企業の法律顧問をしている。研究所に若者一人を押し込むぐらいは雑作もないことだ。

第六章　運命の再会

人間の野生動物生息地への侵入が止まらない。

象が約二百頭、キリンが六十頭、バッファローが百頭そしてスプリングボックが百五十頭。二千二十年十月に掲載《けいさい》されたアフリカのナミビア政府が出した野生動物を売るための新聞広告。

理由は個体数の増加、干ばつの影響、人間との衝突《しょうとつ》などと記事には書かれている。

この背景には大きな要因として、この十年間でライオンを十分の一にまで激減させた、人間の野生動物生息地への拡大がある。

現在の人口七十七億人、年間七千万人のペースで人間は数を増やしている。

ライオンは現在約三万頭、トラは四千頭弱、急峻《きゅうしゅん》な崖を駆けまわるオリックス約八百頭、エチオピアン・ウルフ約五百頭、等々。

多くの生き物たちが、今列をなして絶滅への道を静かに歩いている。

人口の増加がつづく限り、この状況は継続され悪化の一途《いっと》をたどる。野生動物の生息地もまた年々減少をつづけていく、最後の一頭が死に絶えるまで。

将来は動物園でしかこれらの動物が見られなくなる。そうなれば当然人間の存続すらも危ぶまれる。生前のジェニファーは深くこの問題を懸念していた。

以前は、人間の生息領域を確保、また拡大するために、象や他の生き物たちを大量に銃殺していた。銃殺による個体数の調整が国際社会から非難されたために、新聞広告での販売へと調整のやり方を変えただけ。

自然と人間のせめぎ合いは長い間つづけられてきた。自然は人間に公害や、災害などをもたらすことで、警告を与えつづけてきた。が、今その均衡が激しく崩れはじめている。

人間が自然の子供たちである、他の生き物たちの個体数の調整に、自《みず》ら手《か》をつけはじめた。これは、人間の数が地球の許容範囲を越えた、ということを明確に意味している。

自然の摂理というレンズを通してみると、個体数の調整は他の生き物たちではなく、人間自身の数の調整を必要としている。

野放図《のほうず》な地球規模での人口の急増が、深刻な環境悪化の最大の原因、というのがジェニファーの根底に潜《ひそ》む思いだった。

人々が熱心に対応しようとしている、深刻化した二酸化炭素排出の問題、温度上昇の問題などは、本来であれば人口急増に抑止がかかれば、徐々に緩和《かんわ》されていくべき問題。

人口急増を抑止する対応は根本治療であり、二酸化炭素や温度上昇への対応は対症療法。

が、現在の深刻化する急速な環境悪化に対しては、この根本治療と対症療法を同時並行して、一刻も早く強力、かつ効率的に実施する必要がある。

だが現実は、目先の対症療法だけに目を奪われ根本治療は手つかずの状態。

平和裏《り》に人口の抑制《よくせい》を図《はか》らなければ、科学者の間でずっとささやかれつづけている、人間の手による地球上の「六度目の大量絶滅」が現実のものになるかもしれない。

その予兆《よちょう》は気候変動という大きなうねりになって、今人間に迫まり、良心を持つ多くの人々が気づかないうちに、実態は深刻な度合いを限りなく深めている。

自然に生きる動植物すべては、過去から受け継がれた人類の共有財産。これらの動植物を失えば、人類の未来も消えてしまう。議論の余地のない道理。

多くの動植物は、主に貧しい地域（国々）を生息域としている。例えば、アフリカのサバンナ、東南アジアの熱帯雨林、南米のアマゾンなど。

絶滅危惧種に列記されている野生の動植物たちの保護、管理は世界各国が共同で行うべきもの。決して貧しい国々だけにおしつけるべきものじゃない。

これらの野生動物を保護、管理している国々を援助するための、一日も早い強力な国際協力の枠組みが必要だ、と熱心に自分の思いを、まだ幼い自分に語っていた、母親ジェニファーの言葉がウィリーの脳裏《のうり》によみがえってくる。

あれから十年経つ……。

人口の抑制が声高《こわだか》に叫ばれることもなく、動植物の保護管理のために、貧しい国々を助ける国際協調の兆《きざ》しも未《いま》だになに一つない。

そして二千五十年には人口百億人になるとの予測が出てきた。約三十年後、地球上の至るところで見たくもない光景が広がっているかもしれない。

その状況を色濃く示唆《しさ》する研究結果が、二千二十一年一月に記事になった。

米科学誌サイエンス・アドバンシズに依って二千五十年ころには植物が二酸化炭素の放出源になるとの衝撃的な研究結果が発表された。

急激な温暖化により、気温が一定限度を越えると、森林が『二酸化炭素吸収源』から『放出源』に変化するという。

研究チームは、早ければ二千四十年ころまでに地上の生態系における二酸化炭素吸収量は半減すると予測している。

この種の研究結果の公表には改善のための対策、希望を感じられる見通し等も併《あわ》せて示されるのが常だ。が、この報告にはそうした対案などは記されていない……。

母親の影響なのだろうか、最近はこういう新聞記事に敏感になっていく自分を意識している。母親から聞いていた自然環境に関しての悲観的な出来事が、次から次へと現実に起こってくるからだ。

（専門家でもない自分にできることはなにもない……）

そう小さくため息をつくと、朝食を終えたウィリーは、複雑な表情でこの記事の載《の》った新聞を食堂の棚《たな》にもどした。

カップの底に残ったコーヒーを一気に飲み干すと自分の研究室へと向かった。


チヌークの研究所に来てからすでに、一年余りが経とうとしている。

チヌークはカナダ、ヌナブト準州にある北極海に面した地域にあった。

この研究所を起点にした百キロ以内の範囲に人家はまったくない。ウィリーが生まれ育ったエポーの町からは二千キロ近くも離れている。

食料や生活必需品は、一週間に一度定期的にとんでくる飛行機で供給される。不便はまったく感じない。

研究所に居住しているのは、六十代の医師が一人、コック一人と研究所の所長が五十代で、他の二十人は全員二十代から三十代前半の独身の研究員たち。

カナダ人は医師とコック、そしてウィリーの三人だけ。

将来の北極海の資源開発競争を見据《す》えて用意されたこの研究所の名目は、カナダとアメリカの合同研究所ということになっている。

文明とは隔絶《かくぜつ》された場所だ。手当はいい。だがいくら手当が良くても、妻帯者のだれもが勤務地として希望しなかった。そのため、派遣された者たちも平均二年という短い周期で、会社は勤務期間を設定していた。

敷地内の設備は、まるでアメリカ国内の研究所にいるのではないか、と錯覚《さっかく》するほどにすべてが整っている。映画や音楽、そして本格的なスポーツジムも完備されていた。

その中で、若い研究員たちの頭にあるのは、

（いつになればサンフランシスコの本社にもどれるのか……？）

ということだけ。平均二年の勤務期間だが、人によっては一年余りでこの研究所から本社にもどる者もいたからだ。

超優良企業だ。出世欲のない者など、だれ一人としていなかった、ウィリーを除いては。

「ウィリー、このサンプルをロイのところに持って行ってくれ……、それからビルとマックに、このサンプルの試験結果を届けるように……」

と、ザックからウィリーは指示されていた。

この研究所ですでに一年余りを過ごしているウィリーは、普通のサンプルテストなら一

人でこなすことができるようになっている。

難しく重要なサンプルテストであれば、だれが分析をしようと所長がたち会うのだ。ウィリーの能力はすでに一人前と見なされるほどのものになっていた。

大きく分けるとこの研究所では、石油関連資源と、他の鉱物資源というように、研究及び分析の業務は分かれている。ウィリーの仕事は後者の方で、そこにこの四人のグループも所属している。

この四人は、ウィリーの本社研究所での評価も聞いていたし、祖父が会社にも影響力を持つ、大物弁護士だということも知っていた。せまい組織の中ではこういう情報は、すぐに伝わる。

一番年若いウィリーが、一番早く出世していくだろうということは、この四人にも分かっていた。四人にとっては、口にするのも忌々《いまいま》しく癪《しゃく》なことだったが、ウィリーの仕事の進め方を見れば彼の能力を認めざるを得ない。

その思いが今のうち、せめて使いっ走りで、ウィリーをこき使おうという気にこの四人をさせていた。あまりにも狭量《きょうりょう》な思いだ。

だが彼らがその狭量な思いを意識することはなかった。ウィリーに対して無意識に湧き上がる、強い連帯感を伴った妬《ねた》み、というものが彼らを結びつけていたからだ。

ウィリーには、彼らの態度を気にする様子はまったくなかった。取るに足らない指示でもそれにおとなしくしたがっている。

この四人のような輩《やから》はどこにでもいるということを、すでにサンフランシスコの本社研究所でも学ばされていた。彼にとっては、べつに目くじらをたてるようなことでもない。

それよりもウィリーが気になっていたのは、この研究所の中央暖房設備。

「ウィリー、そんな厚ぼったいシャツなんて脱いじゃえよ……」

と娯楽室で寛《くつろ》いでいる時によく言われる。

ウィリーは冬場、いつも母親から言われていた、

「暖房にどれだけの資源が使われていると思う？　少々の寒さは我慢しなさい……」

と。そして母親からの言いつけで、冬場はいつも今と同じように厚手のフランネルのシャツを着ていた。母親はやり過ぎだ、と思ったことも二度や三度じゃなかった。

だがこの研究所ではどうだ。外はマイナス三十度以下の極寒なのに、多くの研究員が薄手のシャツを着て、アイスクリームを食べながら映画を見たり、音楽を聴《き》いたりしている。中にはティーシャツ姿の研究員もいる。

母親がいつもウィリーに問いかけていた、

「小さい時に、周囲の環境のために自然を愛する心を失った子供たちが増えているの。だ

から自然からの声が遠くなっているんです。どうすればいいのかしらね……？」

という声がよみがえってくる。

（ここの研究員たちは小さい頃、自然を愛する心を奪われた子供たちの姿なのかもしれない……）

この状況を見るたびに、そうウィリーは感じていた。

サンフランシスコでは半年ほどを我慢した。今度は最低でも一年は我慢するつもりでこの研究所にやってきた。

ようやくその一年が過ぎて、ウィリーは二十歳《はたち》になっていた。

研究所の日常の出来事などは、多少辛いことがあってもなにほどの問題でもない。だが深刻な問題がウィリーの心の中で湧き上がってきていた。

それは、母親ジェニファーが彼に問題意識を与えていた、極北の環境破壊と、今の自分の仕事が密接に関わっているという思い。

この研究所にくるまでは、設立された目的も知らなかった、ここが環境破壊の一因となっている、という意識も当然のことに微塵《みじん》もなかった。

だが仕事をしていくうちに徐々にやっていることが見えてくると、自分のやっていることが、まさに環境破壊の片棒を担《かつ》いでいることに気づくようになってきたのだ。

人間の手が北極海に入ると温度が上昇してくる。温度差が生じると風がうまれ、それが海氷同士を砕《くだ》かせて海を出現させる。暗い色をしている海は太陽光を吸収し暖められ、北極海の温度を上昇させる、と聞いていた。

それが実際にこの極北の地で暮らしていると、目《ま》の当たりに見えてくる。

ウィリーが気になっていた研究所内の中央暖房装置も、小さい要因かもしれないが、紛《まぎ》れもなく、その極地の気温を上げる要因の一つになっている。

この悪循環《じゅんかん》が、北極海の気温を一段と上昇させ、他の地域との温度差を縮小させる。

その結果、偏西風の動きに異常を生じさせ、近年には、今までには考えられもしなかったほどの、多くの命や家屋を、一瞬にして奪う激しい巨大台風や集中豪雨、熱波、寒波、干ばつなどの気候変動を世界中で発生させている。

まだ小さいころだったが、母親から聞いた北極海の環境破壊の話は強くウィリーの脳裏に焼き付いている。

この環境破壊にまつわる思いは、チヌークに来て半年ほど経った時に、具体的に脳裏に浮かび上がってきていた。それからは自分なりに頭の中で、何度となく問いかけていた、本当に人の行為が環境破壊の原因になっているのか……？　と。

その結果は認めざるを得ないものだった。それは、すべてが会社に将来もたらすだろう巨額の利益のため。そこには、出世のためであれば、会社の利益のためであれば、環境破壊も厭《いと》わない、という大人の群れがあった。

その悪《あ》しき輩《やから》のごく一部に、良心に目覚めた人がいても、

（どうせ他の連中もやっているんだ……、自分たちだけが我慢して損をしてもつまらないだろう……）

と嘯《うそぶ》く大声に、その良心はかき消されてしまう。悲しいことにこの研究所には、人間の将来を考えるといった高邁《こうまい》な思想は欠片《かけら》もなかった。

会社の利益とは相反《あいはん》する思いだ。この自分の思いを、ウィリーはだれにも話せなかった。

ただカナダ人の医師、パトリック先生だけは違った。勤務時間があけると先生は、すぐに机の中に忍ばせているウィスキーの瓶《びん》を手にする。

酒だけが、研究所で最年長のパトリック先生の楽しみで、また友人でもあった。

歯に衣《きぬ》を着せずに話すこの先生を、研究所の人々は苦手《にがて》にしている。が、ウィリーだけは、思ったことを率直に口にする、医療の腕の確かなこの先生を敬愛していた。

それはチヌークに来て半年ほど経った時のことだ。先生に診察を受けていた時、短い会話を交わした。その時言われた先生の言葉がまだ頭の中に残っている、

「ここにいるほとんどの人たちは、真実を現実に合わせて捻《ね》じ曲げている。が、君は真実

に合わせて現実を変えようとしている。人それぞれに道はあるから、人のことは、とやかく言えない……、ただ、君は君の道を行くべきじゃないか……」

と。それ以来、親しく話をする間柄になっている。

その先生に自分の考えをぶつけてみた。

「……、という理由で、極北の環境が人の手で壊されているような気がするんですが……、先生はどう思いますか……？」

先生は、ウィリーが拍子抜けするほどに、いつものように率直に答えてくれた。

「そうだよ。人間って奴は金になれば何でもやるからね……。だから君のような若者は、こんな所にいちゃダメだ……。僕はもう六十の坂をとっくに下っているし、先に楽しみがあるわけじゃない……、ここは離れ小島みたいな場所だ。その分、給料もいいからね。ここにしがみついて生きるしかないが、君には将来がある、金のために将来を売っちゃいけないよ……、もし金に将来を売り渡せば……」

そこで一旦言葉を切った先生は、遠くを見るようにさびしそうにつづけた。

「僕のようになるだけだ……」

どんな人生を先生が歩いてきたのか、ウィリーに知る術《すべ》はない。でも自嘲《じちょう》気味にいう先生の表情のさびしさには、ウィリーの心に深く響くものがあった。

一年目が過ぎたばかりのこの時期は、ウィリーに考えるべき色々な課題を与えていた。折しもクリスマス休暇が近づいてきた、そんなある日のことだった。

「細かい仕事でイライラするな、まったく……、どうだい、憂《う》さ晴らしにまたみんなで行こうじゃないか……」

と、ザックが、いつもつるんでいる三人に声をかけた。二十代後半という年齢の近さからくる連帯感が四人を結びつけていた。

「行くって、どこへ？」

と、ビルが聞き返した。ロイとマックは二人の話に耳を傾けている。

「半年前に行ったじゃないか、狼狩りだよ」

その言葉に、ロイが割って入ってきた。

「狼狩りか、いいね……。本物の狼を撃ちころす、あの緊張感が、また何とも言えずに刺激があるよねー……。ストレス発散にはもってこいだ。僕は行くよ……」

話を聞いていたマックは、いつも三人についていくというような性格の人間。四人の相談はあっという間にまとまった。

「奴を連れて行くっていうのはどうだい……？」

そう提案したのは、リーダー格のザック。

「相手が狼なら、奴は肝を冷やすだろうからな……、それに奴は冬の森を知らない。見ものだぜ、これは……」

四人の間では、『奴』はウィリーを意味していた。この表現からも、四人のウィリーに対する一方的な妬《ねた》みの強さが見て取れる。

このザックの言葉に、ビルが応じる、

「奴は狩りが嫌いだろう、どうやって誘い出す……？」

「別に狩りに行くと言う必要はないさ。気分転換のための雪中キャンプということで誘えばいいんじゃないか……、奴は自然が好きだから……」

天候に恵まれれば、冬山のキャンプほど美しいものはない。運が良ければノーザンライトのもとでのキャンプになる。

このザックの言葉に、三人がいびつな笑いを浮かべて頷《うなず》いた。

翌日、ウィリーはザックからの誘いを、一瞬躊躇《ちゅうちょ》したが受け入れた。

休暇の時でさえ、この四人とつき合うということに強い違和感を覚えたが、結局は考えごとに疲れていたウィリーも、四人以上に気分転換を欲していた。

チヌークから百キロほど離れた森の奥に五人は入っていた。各自スノーモービルの荷台に荷物を積んでの五時間余りの旅。

到着してウィリーははじめて気づいた。四人は猟銃を大きく折りたたまれたテントの中にしまい込んでいた。

ウィリーがそのことを指摘すると、四人はうすら笑いを浮かべながら、ただ用心のためだと言うだけだった。

ウィリーが持ってきたのは、ジョージが唯一形見として残した、鋭い切れ味を持つ大型のブッシュナイフ一丁だけ。このナイフはキャンプでは万能の役目を果たす。

ウィリーには悪い予感がしていた。この四人が半年前に狼狩りをしていたことは研究所のみんなが知っている。自慢げに吹聴《ふいちょう》していたからだ。

もしこの四人がまた狼狩りを企《たくら》んでいるとしたら、とんでもないことになる。夏場と冬場では狼の行動が変わってくる。

夏場は獲物が豊富だ。人間が襲われることはまずない。だが冬場は、その常識は通用しない。獲物がなく飢えに苦しむ状況にもし出遭《あ》えば、人間も獲物としての対象になる。

ザックはウィリーに関して、一つ大事なことを読み誤っていた。

ウィリーは冬の森を熟知しているのだ。ジョージが亡くなった後も、組合長のトンプソンが、あの事件から五度ほど冬の森でウィリーを訓練してくれていた。

だがここまできてしまってからでは、もうなにを言っても遅すぎる。ウィリーには四人に間違いのないことを願うしかなかった。

翌日四人は猟銃を担《かつ》いで、スノーモービルでキャンプを後にした。ザックにウィリーは、狼に関しての自分の心配を告げていた。

反応は予期していた通り一笑に付された。

四人の中では、ザックだけが狩猟経験を有している。父親が無類の狩猟好きだったからだ。小さいころから父親に連れられて狩猟に馴染《なじ》んでいた。

だがここは極地に近い厳冬の森だ。狩猟ガイドに案内されて大物を仕留めさせてくれるレジャーハンティングとは、土台の所で条件が違う。

ザックの理解を越えた状況がここにはあるのだ。

彼の理解を越えた状況にあることを、彼自身が理解していない。他の三人はザックの言いなりに動いているだけ。この状況にウィリーの懸念《けねん》はさらに高まっていた。ウィリーも四人と行動を共にせざるを得なかった。

できれば狼群との遭遇を避けさせたかったからだ。好ましい同僚たちではなかった。だからと言って、そのまま見捨てるわけにもいかない。だがウィリーのその姿は、四人にとっては、心細いからついてきているようにしか映《うつ》っていなかった。

しばらく四人は低速でスノーモービルを走らせたまま、獲物の動きを探っていた。

四人の後からついていくウィリーには、なにも現れないことを、もしなにかが現れるのであれば、鹿などの彼らに無害な生き物であることを内心祈っていた。

小一時間後、はるか遠くでかすかに響く狼の遠吠えをウィリーの耳は捉《とら》えていた。

どうやらウィリーの祈りは聞き入れられなかったようだ。遠吠えが近づいてくれば、この五人が狙われている、ということになる。

ウィリーはザックのスノーモービルに、自分の雪上車を近づけると最後の忠告をした。

「狼が現れたようだ、木のうろか岩穴を見つけて避難すべきだ。そうでなければ、守れない……」

ザックは、

「やっと狼が出てきてくれたんだ、このチャンスを見逃《みのが》せ、というのか……、バカなことを言うんじゃない、もうお前は帰っていいよ……」

さもバカにしたような口調でウィリーに言い放つと、狼の遠吠えで元気の出た三人に向かって、

「準備はいいか……！」

と、大声で叫んだ。三人は、そのザックに対して、

「やってやろうじゃないか……！」

あらんかぎりの声を出して応じた。こちらは四人だ、それも最新式の猟銃が四丁そろえてある。五頭や六頭の狼群に怖がる必要は毛頭ない。

『目くら蛇に怖《お》じず』の例え通り、四人の意気には軒昂《けんこう》たるものがあった。ウィリーは説得をあきらめざるを得なかった。

万全の用意をして五人で守れば、まだ助かる可能性はある。だがこの四人に守る気はない。この状況ではもう自分にできることはなにもない。

生き延びるチャンスを求めるのなら、この四人から離れるべきだ、とウィリーは即座《そくざ》に判断した。ウィリーの考える深刻な状況は、そこまで急迫している。

全てトンプソンから学んだことだ。

エポーの町が課していた、厳冬の森体験は、ウィリーを冷静な判断へと導いている。だが逃げ切れるか、ということになると、すでに厳しいと判断せざるを得ない。

狼の遠吠えが矢張り、ザックの考えていた五、六頭ではなかったからだ。

トンプソンの教えを受けたウィリーには、この近づいてくる遠吠えの数から判断すると、十頭以上はいるような気がしている。

もうこの四人のことを気にする余裕さえ、この時のウィリーにはなかった。遠吠えは徐々に近づいていた。最後に一言だけザックに伝える、

「狼にもし追われたら、全速力で風下に逃げろ。風上に逃げれば臭いをたどられる、決して逃げ切れない……」

その言葉は、ザックの神経のある部分に触《ふ》れていた。

ウィリーの、今まで言ってきたことはすべて正しく論理的だ。狩猟を何度も経験しているザックならではの感覚だった。

耳を傾ける必要があるんじゃないか……、と彼は一瞬考えた。が、半年前の、あの刺激的な成功体験が、その思いを封殺《ふうさつ》していた。

四人はスノーモービルから降りて、雪の斜面に伏せ、狼群の接近を待った。

一方、ウィリーはスノーモービルを全速力で風下に向けて走らせている。できるだけの忠告はした。これ以上つき合うと共倒れになる。ウィリーは単独で避難を開始していた。近づいて来た狼群の中から、二頭がウィリーを目視で追い始めた。

狼の集団がエルク（トナカイの一種）の群れを狙って追いかけた場合、必ず落後するもの、また群れとは違う方向に走り出すエルクがいる。

そのエルクを追いかける狼がいる。追いかけながら応援の狼が合流した後で仕留める、と

いう狩り方も一つの方法としてこの狼群は持っていた。

ウィリーを追いかけている二頭が、その役割を果たしている。

狩りが百パーセント成功することなど決してない。この方法は成功の確度を上げるための狼の知恵だった。

狼の接近を待っていた四人は、夏場と冬場の狼の行動の違いに驚愕《きょうがく》していた。

半年前の夏の季節であれば五頭前後だった狼の群れが、今は数を十頭以上に増やしている。その群れが三方から囲むように、四人が銃を持って構えている斜面に、低く体を伏せながら迫ってくる。

獲物の豊富な夏場は、狼は五、六頭という家族単位で行動する。獲物の少ない冬場は、狩りの成功確率を高めるために、十頭から十五頭前後で協力して集団で狩りをする。

それさえも知らずにザックは狼狩りに出かけていた。致命的な誤算だった。

五頭前後が狼の群れだと信じていたザックは、三方から迫る狼群に、即座に命の危険を感じ撤退に移る。

「もどれ！、すぐスノーモービルにもどって風下に逃げろ！」

そう三人に叫ぶと、自分も脱兎《だっと》のごとくスノーモービルに駆けもどり、エンジンをかけると全速力で走り出した。

だが、マックだけが状況の急変に追いつけなかった。

三人のスノーモービルが全速力で走り出すのを横目に見ているのだが、恐怖と焦りのために中々エンジンがかからない。

やっとエンジンがかかって走り出したと思った瞬間、後頭部が思いっきり後ろへ引っ張られたような気がした。

それが、マックの生きている間に感じた最後の感覚になっていた。悲鳴を上げることさえできず、マックの血まみれの体は雪上になぎ倒されていた。

全速力で逃げる三台のスノーモービルを十頭以上の狼が悠然《ゆうぜん》と追いかけている。この狼群はこの辺りの地形を知り尽くしている。

やがて狼群は二手に分かれ、半分は近道をたどって待ち伏せをする。

あとの半分は、このままの状態で、半分が待ち伏せをしている場所にまで追い込んでいく。これが、この狼群の最も得意とする狩りの仕方だった。

ここまで追い詰めれば、獲物は手中にしたのも同然だ。そう確信している狼群にもう焦りはない。いっぽう、ウィリーは追ってくる二頭の狼に気づいていた。

ウィリーに襲いかかってくる様子はない。そのことからもこの二頭の狼は、応援の狼の到着を待っていることをウィリーは悟っていた。

この二頭を振り切れればいい。だが狼は雪上でも獲物のエルクなどの、脚の早い獲物を追えるように体の作りができている。振り切るのは無理だ。

ウィリーは一瞬のうちに判断していた、この二頭を仕留めようと。

仕留められなければ、狼の援軍が到着する。そうなればもう勝ち目はない。二頭であればまだ闘える。

あるのはジョージの形見の大型のブッシュナイフだけだ、が切れ味は鋭い。十分に闘えると考えたウィリーはスノーモービルを止めた。

エンジンを切ると、左腕に革のベルトをきつく巻き付けた。そして左腰のブッシュナイフをギラリと引き抜き二頭の接近を待つ。

左腕を噛ませて、そのすきに狼の喉笛《のどぶえ》を掻《か》き切るというトンプソンに教えられた戦法だ。無論、試したことは一度としてない。

でもこれが生き残るための唯一の方法であれば、躊躇《ためら》うことは許されない。だから即座に決心した。だが案に相違して、二頭が寄ってくる気配はなかった。ウィリーの想定より、狼ははるかに賢く狡猾《こうかつ》だった。

二頭の狼は腰を落として、金色に光る眼でウィリーを横目に見ながら、応援の到着を待つつもりらしい。狼が近づいてこなければ、ウィリーに打つ手はない。

闘おうとして近づいて行けば、二頭は距離をとるように場所を移動する。

ウィリーは天を仰《あお》いで深いため息をついた、ここまでの命か……、と思いながら。

二頭の狼は安全な距離を保ちながら、ウィリーをその金色の眼で、沈黙したままじっと見つめていた。


ホープは相変わらず悠々《ゆうゆう》と流れる時間の中にいた。

海辺と森を行きつもどりつしながら生きている。縄張りの中で何度かメスぐまと遭遇《そうぐう》し、子ぐまをもうけていた。身ごもったメスぐまは冬眠する。

やがて冬眠から目覚めたメスぐまは子ぐまを連れて、空腹を満たすためにホープが縄張りにしている森にくる。その母ぐまと子ぐまを守るのがホープの仕事になっていた。

ホープと縁のない親子ぐまでも、オスぐまに襲われているところに出くわせば、助けるというのは、ホープに課せられた仕事のようになっていた。

ホープが縄張りとして持っている地域では、子ぐまの生存率は異常に高いものになっている。ホープが意識してやっているわけじゃない。本能のままに動いた結果が、そういう状況を作り出していた。

ホープは十歳になっていた。三年ほど前から放浪している。そして偶然、チヌークの近くまで旅をしていた。

ポーラーベアーは年間、千百キロ余りを移動したという報告もある。エポーから二千キロほど離れたこの地域に八年後に現れたとしても、別に不思議なことじゃなかった。

十二月末のこの時期は、アザラシの子育ての時期にはまだ早い。

ホープは森に入り、食べられるような植物などをあさっていた。ジェニファーに育てられたおかげで、ホープの食性は多岐《たき》に渡り、それが生きることを容易にしていた。

ポーラーベアーの嗅覚《きゅうかく》は鋭い。

昨日突然、同じような方向から、以前嗅いだ記憶のある二種類の異《こと》なった臭いの粒子《りゅうし》が、風にのって湿ったホープの鼻の頭にまとわりついてきた。

一つはホープの心をかき乱すような、忘れようと思っても忘れられない嫌な臭い、またもう一つはホープの心に懐《なつ》かしい想いを抱かせるような、八年ほど前に失った優しい臭いだった。

ホープはその臭いの正体に惹《ひ》かれ、旅をしていた方向を変えた。

どうせ急ぐ旅じゃない。その二つの臭いの正体を確かめるべく、高鼻を中空につき上げ、臭いを嗅ぎながら急ぎ足で歩きだしていた。

ウィリーは、二頭が襲ってこないのを見ると、再びスノーモービルを走らせた。逃げ切れるかどうかは分からない、でも留まったまま座して死を待つつもりもない。

運が良ければ逃げおおせるかもしれない。そう思ってスノーモービルを走らせていたが、いつの間にか追跡してくる狼の数が五頭に増えていた。

恐れていた援軍が追いついたようだ。相手が五頭であれば、もう闘っても勝ち目がない。

速度を最高にあげて走った。だが雪道じゃない起伏の多い地形を走っている。速度を出し過ぎれば、大きな起伏にハンドルを取られて横転する。

そう思って運転していたが、次の瞬間、段差の大きい起伏にぶつかり、スノーモービルが横転しウィリーは放り出されていた。

ウィリーは焦って、スノーモービルを起こしエンジンをかける。が、かからない。横転したはずみで故障したようだ。

すぐ後ろからは五頭の狼が無言のまま迫ってくる。逃げる手段はもうない。

ウィリーの脳裏にはすでにザックたち四人のことはなかった。追手《おって》が増えたということで、四人の結末を知ったからだ。

ウィリーも絶体絶命の状況に追い込まれていた。が、ウィリーには闘わずしてあきらめるつもりはない。スノーモービルを捨てると、再び腰のブッシュナイフを引き抜いた。

五頭の狼が縦列《じゅう》から、円形に攻撃態勢を変えて迫ってくる。こうなれば死ぬ前には、一頭でも道連《みちづ》れにするつもりのウィリーだ。

五頭はじりじりと円形の輪を狭《せば》めてくる。

その時だ。

「グワーッ……」

とたけり狂ったような吠《ほ》え声が森に響き渡った。一頭のポーラーベアーが突然、背後のクマザサの陰から狼の群れに襲いかかってきたのだ。

目の前の獲物に夢中になっていた狼は、忍び寄ってくるポーラーベアーにまったく気づいていなかった。が、運動能力がまったく違う。狼の群れは苦もなくポーラーベアーの攻撃をかわしていた。

目の前に現れたのは、雲をつくような巨大なポーラーベアー。口からは白い粘液を滴《したた》らせ、五頭の狼を睨《にら》んでいる。

敏捷性《びんしょうせい》一つをとってみても、ポーラーベアーは狼に遠くおよばない。このポーラーベアーの狙いは狼ではなく、獲物としてのウィリーだ。

今やどちらがウィリーを獲物として得るかの、命をかけた必死の闘いに、極北最強のこの二つの猛獣は入っていた。

ウィリーにはすでに『絶望』の二文字しか見えていない。

逃げても見渡す限りの雪原。ポーラーベアーにでさえ簡単に追いつかれる。隠れても、鋭い嗅覚《きゅうかく》で見つけだされる。

どちらが勝っても、ウィリーの命運は決まったも同然。

ウィリーがポーラーベアーの顔に目をやった時、その表情が、信じられないものを見ている、といった驚愕《きょうがく》したものへ変わっていた。

（十年前の、あのポーラーベアーだ……！）

と、ウィリーは心の中で叫んでいた。ポーラーベアーの左眼がつぶれていたのだ。これほどの特徴を持ったポーラーベアーはそういない。

目の前で狼と闘っているポーラーベアーは、忘れようとしても忘れることのできなかった、ホープとジョージをころした、あの時の一つ眼のポーラーベアーだった。

狼はまわり込みながらポーラーベアーの脚と尻をさかんに攻撃している。ポーラーベアーとウィリーとの距離を離れさせようと、狼得意の陽動作戦を展開しているのだが、ポーラーベアーがのってこない。

そのうち、ポーラーベアーが振りまわした一撃が、一頭の狼の側頭部を直撃した。七、八メートルをその一撃でとばされた狼は、もうピクリとも動かないそれを見た四頭は、戦意を失ったかのように徐々に後《あと》ずさりをしながら、ポーラーベアーから距離をとると、そのまま来た道を引きかえしていった。

ウィリーは無駄は承知で、闘いの場から必死になって逃走を試みていた。

五頭の痩せた狼と巨大なポーラーベアーだ。勝負は最初からポーラーベアーの勝ちに決まっている。

だが、ウィリーの心情としては、ホープとジョージがころされた同じ一つ眼のポーラーベアーにだけはころされるわけにはいかない。その思いだけで必死に、厚く積もった雪に足を取られながらも逃げようとしていた。

たけり狂った吠え声を背中で聞くと、ウィリーは一瞬振りかえった。あの一つ眼が追ってくる。まるで、

（もう逃げても無駄だよ……）

と言わんばかりに、悠然《ゆうぜん》とした足取りで。ウィリーは必死で逃げた。人の足で逃げても無駄だということは分かっている。

他のポーラーベアーであれば、ウィリーも諦《あきら》めていたかもしれない。でも、あの一つ眼だけにはころされたくない……！　ウィリーにあったのは、その一念だけ。

雪の上を逃げつづけるウィリーの心臓はふいごのように喘《あえ》ぎ、その激しい息づかいも、す

でに上がりかけている。今はもう目もかすんできた。

（どこまで逃げるんだ、もう、もういいだろう、ウィリー……）

あまりの息苦しさと辛さに、心の声がウィリーにそうささやきかけてくる。

目の前の小高い丘を越えれば、その先は下り坂になっている。そこまではとりあえずなんとしてでも逃げよう、とそれでもウィリーは必死になって走りつづけた。

目の前の丘をやっとの思いで越えた時、ウィリーは思わずその両手を雪の上に、ガックリとついていた。ウィリーは別の『絶望』をその目にとらえていた。

丘の向こうには、なんと信じられないものが姿を現しているではないか……！。

一つ眼と同じような巨大なポーラーベアーが、なだらかな坂の下から上がってきたのだ。

これ以上見たこともない、というような白い牙をむき出しにした凶暴な顔で。

「グワォー……」

と低い声で唸りながら、なだらかな坂を這い上がってくる。

ウィリーの中で張りつめていたものが、プツン、と音をたてて切れた。そしてなぜかは分からないが、涙がとめどなくあふれてきた。

それは母親の思いを、なに一つ果たせないで死ぬ口惜《くや》しさだったのかもしれないし、またこんなところで人知れず死んでいく悲しさだったのかもしれない。

でもこれで一つ眼だけにはころされずにすむ、という不思議な安堵《あんど》感も心のどこかには生まれていた。ウィリーは観念して一瞬目を閉じかけた。

だが次の瞬間、ウィリーは唖然《あぜん》とするような光景を目にしていた。

突然現れた巨大なポーラーベアーが、なんとウィリーには一べつもくれることもなく、隣をすり抜けていったのだ。

呆気《あっけ》にとられたウィリーがそのまま見送ると、そのポーラーベアーは、まるで強い磁石で引き寄せられるように、一直線に一つ眼の方へと向かっていく。

双方の距離が近づくにつれ、高い唸り声から重低音の、攻撃的な唸り声に変わっている。

（何なんだ、このポーラーベアーは……　…？）

自分を素通《すどお》りしていったポーラーベアーに、ウィリーは内心つぶやく。そこに疑心は生じたが安堵《あんど》の思いはまったくなかった、捕食者が増えただけだ。

ウィリーが気づくことはなかったが、すり抜けていったポーラーベアーはホープだった。

白い牙をむき出しにしたどう猛な表情を見せ、これほどに大きくなったホープに、ウィリーが気づくはずもなかった。

ホープはここにやってくるまで一昼夜かかっていたが、その間に臭いの主を思い出していた。最初の臭いは、母ぐまと姉さんぐまをころした、忘れようとしても忘れられなかった、あの一つ眼のポーラーベアーの嫌な臭い。

その次の臭いは、ホープの最初の家族、ウィリーの懐かしい臭いだった。なぜ二つの臭いが同じような方向からただよってくるのか、ホープには見当もつかなかった。

が、ウィリーを視界にとらえた瞬間、はじめてその理由を理解できた。

あの一つ眼が母ぐま、姉さんぐまでは飽《あ》き足らず、ホープの唯一の家族、ウィリーまでをもころそうとしているのだ。

ウィリーの見たホープの表情が、白い牙をむき出しにした凶暴そのものになり、ウィリーの傍を通り過ぎて行ったのも、それを知れば理解のできること。

その時はすでにホープの心は怒りで煮えたぎり、闘いのための気力は最高潮に達していたのだ。死ぬか生きるかの闘争を前にして、ウィリーと懐《なつ》かしんでいる暇《いとま》はない。

ホープはやっと一つ眼を視界にとらえていた。悪夢の中で嗅いできた、あの嫌な臭いが今現実に鼻にまとわりついてくる。冷静なホープは今までには見られなかった、自分でも感じたことがないほどの激しい怒りにつき上げられていた。それは、

（この一つ眼を倒すことができさえすれば、この身はどうなってもかまわない……　……）

と思うほどの激しい感情だった。

ホープは一つ眼に近づくスピードを緩《ゆる》めることなく、そのままの激しい勢いで一つ眼にぶつかっていった。一つ眼には、向かってくる自分と同じような巨大なポーラーベアーに、一体なにがおこっているのか……、まったく理解できていなかった。

オスぐま同士の闘いは、そのほとんどがメスぐまの取り合いだ。それも負けを認めれば、死を与えるほどの攻撃はしない。

ましてやここには取り合うべきメスぐまなどはどこにもいないのだ。闘う理由がない。もしなんらかの理由で闘うにしても、まず唸るなどの相手への警告から闘いは始まる。だから相手が遠くから走ってきたまま、スピードを落とさずに自分に体当たりをしてくるなどとは、どう考えてもあり得ない。

かつて自分が襲ったメスぐまや子ぐまのことなど、そんなことはオスぐまの習性だ。よくあることで一々覚えてなどいられない。

そう考え、ただ警告の唸り声を発するだけで、何の防御《ぼうぎょ》態勢も取っていない一つ眼に、激しくつっ込んでくるホープの体当たりを避けることなど、できるはずがなかった。

一つ眼は、たち上がったままの姿でホープの体当たりをまともに食らうと、後方へと背中から激しく転倒した。想定外の体当たりで呆気《あっけ》なく倒された一つ眼だったが、それでも次の攻撃に備えるべく、素早《すばや》くその体勢をたて直そうとした。

だがその暇《いとま》も与えずに倒れた一つ眼の頭に、怒りに燃えたホープの次の渾身《こんしん》の巨大な右腕の一撃が振り下ろされた。

その一撃は、ホープを睨《にら》みつけていた一つ眼の顔を直撃した。その衝撃で睨《にら》みつけていた一つ眼の顔が奇妙にゆがんだ。ホープの巨大な右腕の白さと、自分の顔からふき出す血の赤さが一つ眼の視界に入り、周囲が赤く染まった。

それが一つ眼の見たこの世で最期の光景になった。

勝負は呆気《あっけ》ないほどに簡単についた。それはホープと一つ眼の力の差ではなく、闘う前の心の準備の差。こんな状況で死んだ一つ眼には、最後の瞬間を迎えても、

(なぜ自分がこんな目に遭《あ》うのか……？　一体今なにがおこっているのか……？　)

そんなことさえも分からなかっただろう。

食うか食われるかが常態の野生の世界では、『不意打ち』とか『卑怯《ひきょう》』という言葉は存在しない。そこには勝者と敗者がいるだけで、勝ったものが生き残り、敗れたものが死ぬ、それだけの単純な世界。

そしてその亡骸《なきがら》は、多くの飢餓《きが》に苦しむ生き物たちを死から救うことになる。だから不意をつかれて命を落としたとしても、『無駄死《むだじ》に』という言葉もまた、野生の世界には存在しない。

ホープは息絶えた一つ眼をしばらく見ていたが、その眼にはなんの感情も浮かんではいなかった。ただ、

（あの嫌な臭いには、もう悩まされることはなくなった……）

という思いだけが、ホープの中を通り過ぎていった。

ホープは振りかえってウィリーを見た。ウィリーはうずくまったまま、不安気《げ》にこちらを見ている。ホープはゆっくりとウィリーに近づいていった。


どうやら勝負がついたようだ。勝ち残ったポーラーベアーは、一声吠えると、こちらに眼をくれた。そしてゆっくりとウィリーの方へ歩いてくる。

それは一つ眼じゃなかった。ウィリーはそのことに奇妙な安堵《あんど》感を覚えていた。

逃げても結果は同じだ。ウィリーは疲れ果て、もう逃げる気力も失せていた。彼は死を受け入れようと、覚悟して目をつむった。

その瞬間、母親の顔がまた瞼《まぶた》に浮かんできた。

（ママ、ごめんよ……）

というつぶやきとともに、母親のためになにもできなかった自分の不甲斐《ふがい》なさが、そして口惜しさが込み上げてくる。

（…………）

ウィリーは湧き上がろうとする恐怖の叫びを必死で抑《おさ》えていたが、いくら待ってもなにもおこらない。観念《かんねん》して目をつむってから、かなりの時が過ぎたような気がする。それにもかかわらずまだポーラーベアーは襲ってこない。

怪訝《けげん》そうにウィリーは、そっと右目だけをうすく開けた。巨大なポーラーベアーは、すぐ目の前で静かに腰を落としていた。その大きな顔はくっつきそうになるほどに近くにあり、眼の色は深く沈んでいた。

不思議なことに、この時には恐怖の時間が長すぎた所為《せい》なのか、または奇妙な慣れのためなのか、目の前のポーラーベアーにウィリーが恐怖を感じることはなかった。

ポーラーベアーはウィリーと眼が合うと、不思議そうに首を傾《かし》げた。

（なんだ、このポーラーベアーは……？　まてよ、まてよー……、この眼の深い色はどこかで見た覚えがあるぞ……）

と、内心つぶやいた。それと同時に、矢のような光がウィリーの記憶のページを高速で繰《く》っていた。もしや……、という記憶のページにその光は、やっとたどり着いた。

大きな顔に打たれた黒い丸い点のような眼、何かを考えているような深い眼の色。ウィリーは確認するように、たち上がって注意深くそのポーラーベアの額を見た。白い毛が三日月状に中央に寄っている。

その記憶にたどり着いた時、ウィリーは、（ホープ……？）と、不安げに小さくつぶやいた。そして次の瞬間、

「ホーープ……！」

と、絶叫して抱きついていった。

目の前に座っていたのは、八年前にエポーの近くの海辺で別れたホープだった。

八年という長い歳月を経たにも関わらず、ホープはウィリーを忘れていなかった。さらに二千キロも離れたこの地で、死を直前にした窮地《きゅうち》から自分を助けてくれた。

（なんという巡り合わせなんだ……、絶体絶命のこんな時に、命をかけて助けにきてくれるなんて……、なんという……、なんという……）

その思いにウィリーの感情はたかまり、身体は小刻みに震えていた。

さらに忘れもしなかった一つ眼を相手にして、ハスキー犬のホープとジョージの無念さえも晴らしてくれたのだ。

口に出せる言葉はなに一つなかった。人間には、『犬、畜生……』などと恩知らずの様《さま》を揶揄《やゆ》される生き物が、人間などが足もとにもおよばないような恩返しをしている。

恩を受けたそのかえし方に、ウィリーはただ、ただ、言葉の詰まる思い。昔していたよ

うに、ウィリーは無言で両手でホープの首に抱きついていた。

ホープの体温を通して、彼に関わる色々な思いが湧き上がってくる、そのすべてが涙腺《るいせん》に触れ、涙になってこぼれ落ちていく。

ホープからも喉の奥で優しく低く響くような、グゥー、グゥー……、という鳴き声が聞こえる。ホープなりに自分の気持ちを表しているのだろう。

しばらく昔のようにウィリーにされるがままになっていたホープは、やがて彼から身体を離すと後ろを向き腰を下ろした。それはまるで、

(さあ、昔みたいに背中にのって……)

と、優しくウィリーを誘う仕草に見えた。ウィリーは両手で涙塗《まみ》れになった顔をぬぐうと、背中の毛を握り昔のようにホープの背中によじ登った。

ホープはウィリーが以前と同じように背中に跨《また》がると、ゆっくりと腰を上げ歩き出した。

周囲はなんの目印もない純白の雪原。

ウィリーには自分がどこにいるのかさえも、まったく見当もつかない。コンパスの入った荷はザックたちが持っていた。狼群に追われて方向など気にする暇《いとま》もなく、ただ風下へと逃げてきたのだ。行く先はホープにまかせるしかなかった。

かつて兄弟同様にジェニファーに育てられた二人は、兄弟同様に旅を始めた。明日には

どこかへ着くはずだ。

一連の捕食者からの逃避行で体力が著《いちじる》しく低下し、さらにマイナス二十度以下の気温だ。もし明日も当てもなくさすらっていれば、自分の身がもたないだろう……。

ウィリーは冷静にこの状況を分析していた。でもいっぽうでは、そうなってもいい……、とウィリーは思っている。

ホープの背中で死ねるのなら本望《ほんもう》だった。ましてや狼や一つ眼に襲われ、死の寸前まで行ったのだ。それを考えれば、ホープに助けられたということは、まさに奇跡としか考えられない。

そしてそのホープに看取《みと》られて死ねれば、それ以上の願いがどこにあるというのだ……、それがウィリーの心の底からの思いだった。

天候は一段と荒れ模様に変わってきた。

ウィリーにとっては強風に体温を奪われ、低体温症に陥《おちい》ることがもっとも危険。彼はさらにきびしい寒さに体力を奪われ、半覚醒《はんかくせい》の状態になりつつあった。

その状態でウィリーの脳裏に浮かんできたものは、母親ジェニファーとの亡くなる前の十日間の記憶。

母親は苦しい息づかいの中で、環境破壊についての色々なことを話してくれた。

最大の原因は人間の圧倒的な数とその強欲にある。そのために自然の乱開発が始まり、森林が消滅し、その中でしか生きられない生き物たちが死に絶えてきた。

それを人間はずっと繰りかえしてきている。そして今、人間自身が退《の》き引きのならない状態に追い込まれているのだと、途切れ途切れに母親は語ってくれた。

そしてその見通しは決して明るくない。多くの感動を忘れた、自然に無関心な子供たちが列をなして愚かな大人たちになる順番を待っているから、と聞かせてくれた。

正直言って幼《おさな》いウィリーには、そんな話などどうでもよかった。その間だけは、大好きな母親と一緒にいられるから話を聞いていただけだ。ジェニファーにもそれは分かっていた。それだけにウィリーには不憫《びん》さを覚えた。が、彼女は要点を書きとらせていた。

無心にメモをとる、幼いウィリーの姿に、ジェニファーは、その健気《けなげ》さに、心の中で涙を流しながら詫びていた。

でも心を鬼にしてメモをとらせていた。それが自分の死後、本当の気持ちをウィリーに語りかけるものになる、という確固たる信念が彼女にはあったから。

ウィリーは母親の死後、そのメモを何度か読みかえしたことがある。その時は取りたてて感動することもなかった。

だが朦朧《もうろう》とした状態にある今、その思いは大きく変わっている。

この事態の発端《ほったん》は、あの四人組の狼狩りだった。自分たちのストレスの解消、また楽しみだけのために無垢《むく》な狼たちの命を奪おうとした行為が、自滅を招いていた。

あの四人組はまさにジェニファーの言う、感動を忘れ、自然に無関心な子供たちの『なれの果て』の姿だった。

自分はホープに助けられた。母親がホープを救いウィリーと兄弟のようにして愛情を注《そそ》ぎ育てたおかげ。ホープはその愛情を決して忘れなかった。八年という長い時を経ても、恩を忘れずに助けにきたということには、ずしり、と心につき刺さる重みがある。

ハスキー犬のホープもそうだった。ジェニファーから受けた深い愛情にこたえるために、自らの身を犠牲にして、死して尚、あの一つ眼の足に食らいつき、息子のウィリーを守り通した。

他者を助ければ、自分もまた救われるという、『利他の心』が自然の中でも摂理として存在することについてもまた、絶体絶命の窮地の中で、ウィリーはジェニファーとホープに教えられていた。

今している経験は、まるでジェニファーがウィリーに語っていたことを、すべて体感させるような、小さな旅になっているような気がする。

意識の曖昧《あいまい》な状態では、物事を論理的にまとめられるはずもなく、ホープの背中で揺られている間中、ウィリーの脳裏にはとりとめのないこういう思いが、グルグルと果てしもなく駆けめぐっていた。

荒天は一層の激しさを増し、大雪が斜《なな》めにたたきつけるような、まさにブリザード（雪嵐）のような荒れた天気になってきている。

ホープは雪の大きな吹き溜まりにくぼ地を見つけると、太いシャベルのような両手でくぼ地の雪をかき、さらに深く掘り下げた。

そしてそこに丸く横たわると、大雪と強風から守るように、その中心にウィリーを寝かせ自分の体温が直《じか》にウィリーに伝わるようにした。

ウィリーはその夜、夢を見ていた。それは母親が亡くなる前日の様子だった。

苦しい息づかいの中で、ジェニファーはウィリーに伝えていた、

「環境を壊しちゃいけない……、罪のない生き物たちをころしちゃダメ……、でも人を憎んでもいけない……」

十歳のウィリーにも分かった、環境を大事にする、生き物たちに優しくする、ということは。でもどうしても分からないことがあった、それは『でも人を憎んでもいけない……』、という母親の言葉だった。

環境を壊すのは人だ。他の生き物を楽しみのためにころすのも人だ。その人を憎んじゃだめだ、ということがどうしてもウィリーには納得できなかった。

それがホープの体の温かさの中で見た夢の終わりになった。ウィリーは目覚めた。目を開くとホープが心配そうにのぞき込んでいる。

昨夜と比べると今朝の気分は大分いい。ホープの体温で、ある程度の睡眠をとれたからだろう。ウィリーは、一すくいの雪を口の中に入れると、またホープの背中に跨《また》がった。

ホープはウィリー以外の人間の臭いも嗅いでいた。ウィリーが襲われている現場に向かう途中に、偶然だがチヌークの研究所があったのだ。

この建物をホープは遠く横目に見ていた。この辺りにはこの研究所しか人気《ひとけ》のある場所はない。人の暮らしているところに連れていけば、ウィリーは助かる、とホープは考えていた。これもエポーで暮らしている時に、ホープに刷り込まれた知恵だった。

そのホープの知恵を知らないウィリーだったが、生き死にを含めてすべてをホープにまかせている。ホープがどこに向かっているのか見当もつかない。

先の心配をするつもりは、もうウィリーにはなかった。

そのウィリーが、ホープの背中の上でずっと感じていたこと、それは以前にはまったく気づくことのなかった、優しさに満ちた母親ジェニファーの無償の愛。

生前は、

（なぜこんなにも、自分に厳しいんだろう……）

と思ったことは、二度や三度じゃなかった。でもその裏にはいつも、母親の無限の愛が込められていたのだと、ウィリーは今強く思い知らされている。

そして母親の視線は常に慈愛に満ち、いつも遠い先を見ていた、まるではるかなウィリーの未来を見渡すかのように。

どういうわけか、ホープの背中の上では、母親との記憶ばかりが思い出される。

母親の思いに浸《ひた》っていたウィリーの目に、突然、林が切れて広い雪原が飛び込んできた。

と同時に、想像もしていなかった、見慣れた建物が、はるか遠くに見えてきたのだ。

それはチヌークの研究所だった。ホープはなぜかは分からないが研究所の存在を知っていた。

ウィリーは今、生きる物の底知れぬ知性をホープを通して思い知らされていた。

（ひょっとして、人間の想像がおよびもつかないほどに、生き物の知性は高いのかもしれない。人間にはそれが見えていないだけなのかも……）

と、思うほどに。ほんの先ほどまでは、死ぬ覚悟をせざるを得ない状態だった。

そこから突然、ホープの助けによって真逆の状態に置かれたのだ。この信じられない状況を無理なく消化するには、そう考えるしかなかった。

ウィリーのそんな思いとは関係なく、ホープはただウィリーを助ける、という使命感だけで歩きつづけていた。

彼は速足で歩き始めた、それも研究所ではなく海に向かっている。海を見下ろす高台に出ると、そこから直角に曲がって研究所を目指して歩きだした。

ホープはあの海辺で別れてから、人間に嫌な思いをした経験があるのかもしれない。研究所の人間に会いたくないのだ。だから、人間の臭いが強くする研究所の正面ではなく、臭いが殆どしない側面にウィリーを連れて行こうとしている。

この行動からもホープの知能の高さが彼の想像を遥かに越えているということを、改めて思い知らされている。

ホープは研究所から五十メートルほどの場所で腰を落とし、ウィリーをおろす。二つの姿はしばらく見つめ合うと、ウィリーは両手でホープの顔を挟み込んだ。

そして、

「ありがとう、ホープ……」

万感の思いを込めてホープに声をかけた。ホープは昔していたように、ざらついた舌でウィリーの手をペロリとなめた。

しばらくホープは深い色を宿《やど》した眼でウィリーを見つめると、踵《きびす》をかえし肩を揺するようにして、ふたたび舞いはじめた雪の中を元来た道へともどっていく。

八年ぶりの邂逅《かいこう》（偶然に再会すること）が劇的だっただけに、別れは余りにも淡々としたものにウィリーには思われた。

これが野生での別れというものなのかもしれない。

日常的に死と向かい合っている野生では、別れというものは情とは無縁な、こうした淡々としたものなのかもしれない。

その時、突然言いしれぬ寂寥《せきりょう》感にウィリーは襲われた。

極地の海氷を失うポーラーベアーも、絶滅危惧種だと人に言われたのを思い出したからだ。今その極北の環境は急速に悪化している。死に絶えていくポーラーベアーの姿が、自然に帰るホープの姿と、ウィリーには重なって見えてきた。

ウィリーは思わず五、六歩駆け出していた。悪化した環境にホープをこのままもどしたくはなかった。だが突然駆けるのをやめた。昔ジェニファーに言われた、

「ホープには、ホープの帰る場所があるのよ……」

という、言葉が突然よみがえってきたからだ。

（ホープが帰る場所に、たとえなにがおきようと、もうたち入ってはいけない……）

そう気づいたウィリーは、たち止まった姿勢のまま、

「人間に近づいちゃダメだよ、ホープ……、生きのびるんだよ、ホープ……」

雪の帳《とばり》の向こうに消えていくホープに、深い愛惜《あいせき》の念を込めてそうつぶやいた。

次の瞬間、ウィリーの全身に、白く光る稲妻のような緊張が走った。と、同時に彼はにわかに鋭く反応するかのように聞き耳をたてていた。

遠くで、低く下腹に響くような、なにかの咆哮《ほうこう》を聞いたような気がしたからだ。

五秒、十秒、十五秒……、聴覚を限度一杯に研《と》ぎすませて、ウィリーはそのままの姿勢で二度目の咆哮を待った。

だが雪に閉ざされた向こう側から、咆哮が再び聞こえてくることはなかった。

その代わり、鋭敏に研《と》ぎすまされたウィリーの神経は、自分の内部に生じたある感覚をとらえていた。

その感覚とは、

（あれは、滅びゆく極北からの咆哮、だったのかもしれない……）

という思いだった。

すでにホープの白い後ろ姿は、舞いはじめた雪に閉ざされ、ウィリーの前には茫々《ぼうぼう》とした白一色の大地が、耳鳴りがするほどの静けさの中で横たわっていた。

研究所内はいつものクリスマス休暇と同様に、暇を持て余した若い連中が、独特のまったりとした、けだるさの中にあった。

その空気がウィリーの帰還《きかん》で一変する。

研究所内は突如として、蜂の巣をつついたような大騒ぎとなり、所長はすぐに不明の四人のための救助隊を募り、ウィリーを先頭に現場へ派遣した。

だれ一人として、救助どころか、遺体を発見することさえもできなかった。五台のスノーモービルを回収しただけ。

荒れ模様の天候に変わり、二次災害の恐れも生じてきた。雪がなくなってからの再捜索ということに決まった。彼ら四人のたどった道は容易に想像できた。が、そのことを口にする者はだれもいなかった。

ウィリーには四人に対する憐憫《れんびん》の情（可哀そうだと思う心）はなかった。

単なる憂《う》さ晴らしのために、必死で生きている命を奪おうと狩りに出かけたのだ。

人は決して、他の生き物たちの上に立つような存在なんかじゃない、このような結末は覚悟しておくべきものだった。

ホープと別れてから一週間。ウィリーは研究所を辞めた。

ホープの背中にいた時はとりとめのない思いに身をゆだねていたが、その思いを、時をかけて静かに整理すると、彼にようやくやりたいことが見えてきた。

それは疲労困憊《ひろうこんぱい》の状態で、ホープの背中で考えつづけていたことと密接に結びついている。

母親ジェニファーは、十歳の自分に説いてくれた、いびつに進化した人間社会が人の心を蝕《むしば》み貧しくしている、それが環境破壊の遠因になっていると。

母親の言葉が正しいことを、今までの色々なことを整理し終えたウィリーは、自分の経験を通してても理解できるようになっていた。

生死の境をさまよった挙句《あげく》に整理された、ウィリーの意識は、今やジェニファーの持っていた自然に対する思いを共有するほどの高みに至っている。

悲しいことだが、あの四人組をはじめ、感動を失った、自然に対して無関心な、周りの多くの若者たちが、母親の正しさを証明していた。

ジェニファーは息子のウィリーから見ても、懐《ふところ》の深い自然に対する思想を有していた。まずその母親の思想をより深く理解する、そして誰もが理解できるように、体系的にまとめていこうと思っている。

母親はかつてこうも言った、

「人が本当に自然と共存するには、新しい考え方が必要になるかもしれない……」

と。そこまで自分の足で歩けるかどうかは分からない。でも歩いてみなければ、その先の世界は見えてこない。

少なくともこの道をたどれば、母親が最期に見ていたものには出会えるかもしれない……、この選択には、その思いも強く潜《ひそ》んでいた。

（ママはなにを見ているんだろう……？）

との思いが、目を開けたまま亡くなった母親の顔を見た時、脳裏に刻印を打たれたように強く記憶に焼き付けられている。

それは成長し、今に至るまでまったく変わることはなかった。

ウィリーは母親の遺志を継ぎ、環境に絡む諸問題を大学で学び、研究することを決意していた。独学では数歩先にさえも行けない。

ウィリーの関心はジェニファーと同じように、人間の欲望に蹂躙《じゅうりん》されている極北の環境にあった。極北の環境を研究することは、命を救ってくれたホープの帰る場所を、愚かな大人たちから守ることにもつながる。

パトリック先生だけにはこの思いを話した。いつもの簡潔な言葉がかえってきた、

「世間には、自分のことしか考えない勝手な輩が大勢いるもんじゃ。だからお前さんが歩

いて行くそういう道には、えてして辛い世界が待っている……、貧乏くじを引くことになるかもしれんが、でもだれかが歩くべき道じゃと、わしも思う……」

先生はすべてを理解していた。

ウィリーは時計を見た。定期便の出発時刻まで、あと五分。

横なぐりの雪が頬《ほお》を叩いている。彼は大きめのボストンバッグを手に持った。

手を後ろに組み、一人だけ見送りに出たパトリック先生に小さな会釈を送ると、ウィリーは雪の降りしきる中、飛行機のタラップへと歩き始めた。

終章　花の命

五月の薫風《くんぷう》がサンフランシスコの勾配《こうばい》に富んだ街並《まちな》みを吹き抜けている。

テッド・ウォーケンは荷づくりに余念がなかった。

一週間の予定で、明日エポーに発つ。

ウィリーからエポーに帰るとの手紙を、五か月ほど前にチヌークの研究所からもらった。事前の相談はなかった。

自分ですべてを決める男になったようだ。娘ジェニファーを見ているような気がする。

十年ぶりに妻ハリエットの顔が見たい。また一人娘の没《ぼっ》した土地を見たかった。娘の家出に関して気にしない素振りを見せてきた。

が、自分も人の親だ。気にならないと言えば嘘になる。でも今の仕事がそうすることを許さなかった。柔な自分を隠すには仮面が必要だった。

長年かぶりつづけた仮面を外《はず》せば、そこには何の変哲もない老いた男が一人いるだけ。

この弱肉強食の世界では、そういう姿は見せられない。

だが年を経《へ》るにしたがい、その仮面が外れなくなった。

仮面はいつしかテッドそのものになっていた。今では、それが常態になっている。忙殺されている毎日。そんなことを気にすることもなくなった。

それがテッドからハリエットを遠ざけている、ということに気づいていない。社会の上流に行けば行くほど、守るものが多くなる。そしてその重さに自分を見失う。

十年会っていないハリエットだが、テッドは今でも深く愛している。

貧乏な若手弁護士だったテッドにとって、知り合った当初は、名門の出、という彼女の背景は確かに魅力的だった。

有名になるためのステップとして何度も、その背景を利用してきたことも事実だ。が、愛していなければ、決して一緒になってはいない。

この十年というもの、彼女のいない生活がつづいている。

忙しい生活が、その寂《さび》しさを忘れさせていた。家のことはメイドがやってくれる。昼も夜も食事はほとんどが顧客と一緒だ。寂しさを感じる時がなかった。

だが正直そういう生活にも、長い時が経てば、徐々《じょじょ》に錆《さび》が浮き出てくるように、疲れが心の中に浮き出るようになってくる。

エポーに行くのも、それが大きく影響している。この小旅行には、その錆《さび》をそぎ落とし、もう一度頭脳の切れ、冴えを取りもどし、これからの人生を再びエンジン全開で進むための気分転換……、という位置づけがあった。

色々と思ってはみても、他の目的は正直言って、つけ足しのようなもの。

その思いが、まさか真逆《まぎゃく》に回転してつき進んで行くなどとは、この時のテッドに予測できるはずもなかった。


エポーに来てからすでに三日が過ぎている。テッドは雨に降られ、家の中に閉じ込められていた。昨夜は組合長のトンプソンから夕食に招待された。

トンプソンにとってテッドの存在は、いくら手を伸ばしても届かない、眩《まぶ》しいものに見えていた。

大都会の最上級クラスの住人として暮らしているテッドだ。二人には歴然とした違いがある。特にトンプソンは正直者。自分を隠すということもしない。

彼の思いはすぐ態度に現れる。眩《まぶ》しい眼差《まなざ》しでトンプソンはテッドを見、テッドもまたそうした視線には慣れていた。

同席しているハリエットの、自分を見る氷のような視線にテッドは気づいていない。

エポーに来たいというので、少しは夫も変わったか、と思い期待していたハリエットだったが、その期待はすぐに失望に変わっていた。

その夕食の席で、テッドは聞いた、

「トンプソンさん、エポーという町の名前の由来をご存じですか……？」

テッドは『エポー』という、はじめて聞く奇妙な名前に以前から興味を抱いていた。

「考えたこともなかったですね……、確かに言われてみれば、奇妙な名前ですよね……、考えたこともなかったなぁ……」

そう言うと、愚直なトンプソンは腕を組み考え込んだ。テッドは、

（聞く男を間違えたな、フン……）

と、内心冷笑するとすぐに話題を変えた。

こういう愚直な男は、テッドにとっては最も苦手《にがて》とするタイプ。

会話が進まない、無理に会話を進めれば、周回遅れで会話に追いついてくる。頭脳の冴えを売り物にしているテッドにとっては、通常の倍は疲れることになる。

それにも関わらずハリエットの機転と時宜《じぎ》を得た冗句で、座は白けることもなく和《なご》やかな雰囲気で夕食は終わった。

その夜、テッドはなかなか寝つけなかった。

エポーの名前の由来が気になっていたのだ。そこまで気にする必要はないのだが、仕事柄、ということもあるのだろう。

物事を分からないままで、曖昧《あいまい》に済ませておけるような性分《しょうぶん》じゃなかった。

この町の住人に聞けばすぐ分かる、と思っていた。だが町一番の有力者にも分からないという。そのトンプソンのいい加減な性格にもいらだっていた。

眠れないままに何気《なにげ》なくテッドは、ベッド脇のサイドテーブルに備え付けのメモ用紙に、エポーという字を書いてみた。

表記すれば、『EPOH』になる。その文字をしばらく眺めていたテッドは、思わず低い唸り声をあげていた。自分に内心腹をたてていたのだ。

(なぜこんな簡単なことに今まで気づかなかったのか……　……！)

と。逆から読めば、『HOPE』だ。

この町は『希望』という名前の町だったのだ。

自分への腹立たしさが通り過ぎていくと、テッドはまるで長い時間をかけて、やっと難しい数式を解いた科学者のように嬉しさで高揚した気分になっていた。

明日さっそくみんなに、特にウィリーとハリエットには、朝一番で教えてやるつもりでいる。その次は組合長のトンプソンだ。

翌朝、期待に胸を膨《ふく》らませてテッドは起床し、朝食の席で自分の発見を話した。だが、すぐにその期待は空回りし、大きな失望へと変わっていた。

得意げに話すテッドに、二人の反応は鈍かった。ハリエットに至っては、さも気の毒そうな目でテッドを見ると、

「名前なんてどうでもいいんです……、だからだれもそんなことを詮索《せんさく》する人もいなかったの。みんなこの町が、そしてこの町の人が好きなだけなんです……、あなたにはまだこの町が見えていないんですか……？」

さっきまで得意げだったテッドの気分は、ハリエットのこの言葉で完全に萎《しお》れ、そして妻の哀れみのこもった目に俯《うつむ》くしかなかった。

どんなにいい名前でも、名前はなにももたらさない。なにかをもたらすのは人の心。テッドには、町の名前にこだわる前に、ジェニファーが愛した町の人の心を分かってほしかった、それがハリエットの心情だった。

昨夜の組合長とのやりとりを見ても、テッドはなに一つ変わっていない。ハリエットには、テッドの心模様が透《す》けるように見えている。

組合長のトンプソンは、テッドのような社会の頂点にいるような輩には、憧《あこが》れのような気持ちを抱いている。

それは駆け引きのない田舎《いなか》で育った彼の愚直《ぐちょく》さ。その彼をテッドは見下《くだ》している。

馬鹿正直《ばかしょうじき》に生きてなにか悪いことでもあるのか……？

そのことに思いが至っていない。自分の尺度こそがすべてで、最高のものだと思いこんでいる。鼻持ちならないとは、まさにこのことだ。

上流社会の実態を知り尽くすハリエットは、組合長のトンプソンは、上流社会で仮面をつけて生きている、そんなテッドたちよりもはるかに上等な人間だと知っている。

テッドのエポー滞在はあと数日。その間は目を閉じていようと彼女は思っている。夫でありながら語るべき話題がない、告げるべき言葉もない。心を閉ざすしかなかった。

四日目、午後になってようやく晴れ間が顔を覗《のぞ》かせた。

ジェニファーの眠る、町はずれの丘にあるエポーの墓場へと、三人は三様の想いを抱き足を運んだ。歩いて三十分ほどの距離。

優しい五月の風が吹きわたっていく。

テッドは墓場に入るとすぐに一段と小高くなっている場所に、ポツンと建てられた一つの墓標《ぼひょう》に目がいった。眼下にはエポーの町が広がっている。

小さめの台座に石碑が立っていた。向きが他の墓石と違うので、どうしても目を引く。

テッドの視線の先を見ながら、ハリエットが囁《ささや》いた。

「あなたの見ている、あれがジェニファーの墓標《ぼひょう》ですよ……　……」

テッドが聞いた、

「遺体はどこに埋められているんだ……?」

「ジョッシュの隣です」

感情のこもらない言葉で、ハリエットは淡々と答えた。

「なぜまた墓標《ぼひょう》だけ、あんなところに立っているんだ……?」

と聞いた後、テッドは小さなつぶやきを口にした。

「死んでからも、人と違ったことをしたいというのか……?」

娘を詰《なじ》るような、この小さなつぶやきを耳にしたハリエットは、

(ジェニー、あなたの気持ちは矢張り、パパには伝わらなかったようね……)

と、言葉にすることなく、天国の娘に語りかけていた。

「なぜジェニファーの墓だけ南に向いているんだ……?」

とのテッドの問いに、

「あなたも気づきましたか、南向きということに……」

そういうと、ハリエットは無表情につづけた。

「ジェニーが亡くなる前に、私に手を合わせて泣いて頼んできたんですよ、どうしても南向きにして下さいって……」

そして少し、怒った口調に変わると、

「私はね……、私は断固反対したんですよ、そんなことをしたって、パパはなんにも変わらないんだからって……」

ここで言葉を切ると、ハリエットはテッドを見据《す》えた。

「あなたはまだ気がつきませんか……、この墓標《ぼひょう》がどこを向いて立っているのかを？サンフランシスコですよ、あなたの住んでいらっしゃるサンフランシスコです……」

テッドは意外なことを聞いた……、というように、目を細め、額《ひたい》にしわを寄せると、ハリエットの次の言葉を待った。

ハリエットは、しばらく自分の感情の高ぶりを抑《おさ》えるように、少し間をあけて、息を一つ大きく吸い込んだ。

そしておもむろに亡くなる直前、ジェニファーが切々《せっせつ》と母親に訴えた、最期の願い事を一気に伝えた。

「今までずーっとパパに謝ることができなかった。二十二年間も育ててくれたパパに心配をかけたまま、一言も謝ることができなかった……、だからお願いママ、せめてパパの住んでいるサンフランシスコに向けて墓標《ぼひょう》を建てて……、そうすれば……、そうすれば、向こうの世界から、いつもパパに向かって手を合わせて謝れるから……」

最期の言葉を伝えるハリエットの、能面のような表情が変わることはまったくなかった。

そして一言、静かに、怒りを込めてつけ加えた。

「私はね、私は、反対したんです……、でもジェニーがどうしても、どうしても、というから……」

そこでハリエットの言葉が途切れた。

彼女は目を閉じて、再び湧き上がってくる感情の高ぶりを必死で抑《おさ》えようとしていた。

ハリエットにはジェニファーの気持ちが痛いほどに分かる。強いだけの娘じゃなかった。優しい娘だった、人の欠点も自分のせいにするほどに。

元はといえば、テッドの生き方が娘の家出の原因だ。もしテッドが妻と娘のことを想い正直に生きていたら、ジェニファーは決して家出などしていない。

それを理解しているだけに、ハリエットには、墓参《ぼさん》に来て娘を詰《なじ》るような言葉を口に出す、この高慢《こうまん》なテッドに、吐き気を催《もよお》すほどの嫌悪感《けんおかん》が生まれていた。

洗練された有能な弁護士は言葉の魔術師だ。

聞いている人の心を鷲掴《わしづか》みにするような、気の利《き》いた言葉など、仕立てのいいスーツのポケットに幾つも用意している。

また法廷においては、無罪を勝ち取るために、陪審員の共感を得られるような、その場に合った古来からの言い回しなどにも長《た》けている。

その言葉の魔術師の頂点に立つテッドが、ジェニファーの最期の言葉には、微塵《みじん》に打ち砕かれていた。黒を白にするのが弁護士の能力だと思っているテッドには、真実の言葉など、無意味で、無縁のものに等しい。

それだけに、この時のテッドは今までに経験したことがない、真実の言葉のみが持つ、凄まじい破壊力に遭遇《そうぐう》していた。

それはハリエットに託された、娘からの自分に向けての魂《たましい》の言葉だった。ジェニファーの言葉にはなんの飾りもなかった。真実しかなかった。

言葉のプロとして、そのことが分かるだけに娘の言葉は、まさにテッドにとっては、晴天の霹靂《へきれき》（急に激しく鳴るかみなり）にも似た、不意打ちの大打撃になっていた。

それは、テッドが心の中で大事に守ってきた、今まで何物に対しても微動《びどう》だにしなかった、彼の高慢な自尊心さえもが、その言葉のために右往左往《うおうさおう》し、本来の居場所を追われるほどの衝撃をテッドに与えていた。

テッドの心の深奥《しんおう》には、まだ熾火《おきび》のように良心が残っていたのかもしれない。その良心をジェニファーの心の叫びが痛撃していた。

テッドの両膝は地面に崩れ落ちていた。地面に付いた両手の指は地中深くに食い込み、両肩は大きく震え、大粒の涙がしたたり落ちていた。

それは長年連れ添ったハリエットすら見たことのないテッドの姿だった。

テッドは娘のことを、本気で親不孝者とののしり、憎んだ時期さえもあった。

だが、ジェニファーは、そうしたテッドの様子を恨むどころか、そんな自分に、亡くなってからも、十年の長きにわたり、この小高い丘から、詫びを言い続けていたのだという。

娘の心の広さに比べると、自分の器の小ささはどうだ……！

反吐《へど》が出るほどの狭量さだ。

（ジェニファーにそんなにも長い間、詫《わ》びを言われるほどの父親だったのか……？）

自分に向けての問いが、鋭い槍の穂先のようにテッドの心のど真ん中を貫《つらぬ》いていた。

テッドに口から出せる言葉はなかった。ひたすらジェニファーに首《こうべ》を垂れて詫びることしかできなかった。

その打ちひしがれたテッドを見る、ハリエットの冷たい能面のような表情が変わることはなかった。彼女は知っている、使い切れない金や様々な甘い誘惑に囲まれた、あの上流社会の濃厚な蜜の味を。

一度その甘美な味を覚えた者は、その世界から抜け出すことは不可能だ。それほどまでに人を虜《とりこ》にする世界。テッドはその頂点に長くいた人間だ。そんなに簡単に変われるはずがない、と彼女は思っている。

歳を重ねてくれば、人を見る目も鋭くなる。その彼女の目が、まだテッドは信用できない、と告げていた。ウィリーは遠くから祖母と祖父を見ていた。

おかしな関係の二人だった。

ハリエットのテッドを見る目に、憎しみの色が浮かんでいることにウィリーは気づいている。二人の生き方の違いを見れば、そのことは容易に理解できる。

でも母親ジェニファーへの墓参で、この老夫婦のなにかが変わろうとしている。

(明日以降《いこう》なにかが見えてくるかもしれない……)

それがウィリーに生まれてきた感覚だった。

ハリエットの見る目とは異《こと》なり、テッドの中では本当になにかが変わろうとしていた。

それがなにかは、テッドにも分からない。だから帰宅してからも、その曖昧《あいまい》な心地《ここち》の中で、そのなにかをずっと探している。

テッドはベッドに入っても、眠れぬままに輾転《てんてん》反側をくり返していた。

何度目かの寝返りをうった時だ、唐突《とうとつ》に身体の中心に、錐《きり》をもみ込まれたような、鋭い痛みを思い出した。

それはジェニファーが家を出たときにテッドが感じた痛みだった。無論だれにも言うことはなかった、妻のハリエットにさえも。

どんな衝撃を受けても、一人で耐えてきた人生だった。今でこそ人々はテッドに媚《こ》びを売ってくる。が、それは耐えてきた結果頂点にまで上り詰めたからだ。

耐えているうちに、錐をもみ込まれたような、あの痛みも忘れ去っていた。

(果たしてあの痛みは、他の痛みと同じように、すぐに忘れていい痛みだったのだろうか……？)

その思いが、テッドの脳裏に浮かび上がってきたものの正体だった。

両親になにも言うことなく家出をした。そんなことをするジェニファーじゃなかった。ハリエットはそのために、生き方までをも変えてしまった。

たち止まることは許されない、多忙をきわめるテッドの人生は、いっぽうでは仕方がない、で済ませてきた人生でもあった。

娘のことも仕方のないことだった……、で済ませるしかなかった。

何故自分だけがこうも問題を抱えてしまうのか……、と嘆《なげ》いたこともあった。前に進むには、妻も娘も置いていくしかない、と決断して生きてきた。

自分の中のなにかが変わったのは、この思いに直結している、そうベッドの中で唐突《とうとつ》に思えてきたのだ。

あの時は、本当に妻も娘も置いていくしかない……、と思った。だが、本当に置いて行かれたのは……、自分じゃなかったのか……？　その思いにテッドはようやくたどり着いていた。

ジェニファーは、最期の魂の言葉のように、人を思いやることのできる素晴らしい女性に成長していた。

ハリエットは生きざまが変わった……、と思っていたが、そんな単純な変化じゃなかった。年を経《へ》るにしたがい人格が磨かれていったのだ。

その後のハリエットを目を凝《こ》らして見れば、そのことを認めざるを得ない。

自分でも分かっている、遠くに離れていても、ハリエットを愛する気持ちが変わらなかったのは、そのためだったということは。

歳を重ねるにしたがい、自分の素直な心に忠実であろうとするハリエットの姿は、その輝度《きど》を増していた。

それは外面的な美などは、とうてい足もとにも及ばない、人格の美しさ、輝《かがや》き、のようにテッドには見えていた。

テッドは人並み外れて感性の鋭い男だ。

その感性が、今内なる自分に牙をむいていた。

（自分が、今までの人生で得てきたものは……？）

と振りかえった時、テッドは愕然《がくぜん》とした思いに襲われていた。

すべてがあると思っていたサンフランシスコには、実は、なによりも価値のある「愛」だけがなかった、と気づいたからだ。

（金か、名誉か……、フン、そんなもの、豚の餌にもなりゃしない……！）

これが高慢な自尊心を失ったテッドの内なる声に変っていた。

ジェニファーの最期の魂の叫びが、テッドの価値観を、生きざまを、根底から覆《くつがえ》していた。だが虚心《きょしん》になった今、テッドにその意識はない。

テッドは自然の流れに、ただ身をゆだねている。テッドははじめて自分自身を、色眼鏡《めがね》を通さずに外側から眺めていた。

置いて行かれたのは間違いなく自分だった。

愛する人たちはずーっと、手を伸ばせばすぐ届く、でも異《こと》なる心豊かな世界に住んでいた。テッドは今一人残された、愛されずに年老いてしまった自分の姿、を見ている。

その真実の姿を、かつて親不孝者！と罵《ののし》った娘ジェニファーが見せてくれている。

テッドの人生ではじめて、外見を飾《かざ》らない、周囲の雑音に煩《わずら》わされない、落ち着きの時が彼の前に姿を現していた。

同時に、『エポー』はテッドにとってこそ、『希望の町』であったことを知らされていた。

その夜、彼に眠りが訪れることはなかった。テッドはまんじりともせずに考えつづけ、そして朝を迎えた。

昼過ぎにテッドは、手押し車に、タオルと毛布、スコップなどをのせて一人で家を出た。

朝からテッドの様子がおかしかった、妙にふさぎ込んでいる。気になっていたウィリーはそっとテッドの後から家を出た。

ハリエットにも、その夫のふさぎ込んでいる様子は見えていた。彼女もウィリーの後について家を出た。

テッドの行き先はジェニファーの墓標《ぼひょう》だった。

彼は墓標の前までくると手押し車を止めた。タオルを取り出し水で濡らすと、丁寧に墓標を拭きだした。その様子をウィリーは遠くから見守っている。

ハリエットもウィリーの隣で、鋭く尖《とが》った視線をテッドに送っていた。

その後、毛布で墓標全体をおおうと、身体全体でその墓標を持ち上げ、手押し車の中に入れようとした。だが腰がふらついて尻もちをついた。

見かねたウィリーは、走って駆け寄ると、テッドに手を貸そうとした。テッドはその手を弱々しく振り払うと、ウィリーの目を見つめて言った。

「ウィリー、これはわしの仕事なんじゃよ、かまわんでくれ。こんなにもつまらんわしのために……、ジェニファーは死んでからも、十年以上もわしに謝《あやま》っていたそうじゃ。わしにそんな資格はない……、もうそんなことは娘にさせられん……、今度はわしの番なんじゃよ、わしが娘に謝る番なんじゃ……」

そう言うと、身体にこびりついた泥を手で払い落しながらテッドはたち上がった。

サンフランシスコではナイフとフォークより重いものを持たない生活をしている。それを考えれば、今している仕事は想像以上に重労働のはずだ。にもかかわらずテッドは黙々と、その作業をつづけている。

今度は浅く埋まった台座の四隅をスコップで掘りおこしている。

それが済むとまた毛布を全体にかけて抱き上げた。またよろめいて尻もちをついた。それでも泥を払い落としたち上がり、テッドが手を休めることはなかった。

テッドはジョッシュの隣に娘の墓標《ぼひょう》を移そうとしていた。

ジェニファーには今からでも、心安らかに愛していたジョッシュの魂と共に過ごさせてやりたい……、それが昨夜からのテッドの思いになっている。

だからこの仕事は自分一人でやる仕事……、と考えて行動していた。

そのために何度よろめいて手をついたことか……、その度《たび》にふらつきながらもたち上がる。決してあきらめようとはしない。

作業着やむきだしのしわ深い手が、泥まみれになって汚れている。でもそんなことに彼がかまうことはなかった。

着るものや着こなしに、人の何倍も気を使っていたサンフランシスコのテッドからは、その姿はまるで想像もできないもの。

時間も作業をはじめてすでにだいぶ経つ。すでに夕日が墓場を染める頃合い。ふらつきながらの、年相応の鈍い動きだ。時間がかかるのも仕方のないことだった。

辛くて苦しいのだろうが、よろめきながらも、それでもテッドは歯を食いしばり、決して手を休めようとはしない。

ハリエットはそんなテッドの姿を、両腕を胸高《むなだか》に組み、背筋をピンと張り、何時間もたち尽くしたままの姿で、ずっと目で追っている。

当初の不信に満ちた尖《とが》っていた視線が、時の経過とともに、いつしか丸みを帯びたものへと変わっていた。

彼女は泥だらけの、その老いた懸命な姿に、かつて彼女が知っていたテッドの姿を重ね合わせていた。顔にはいく筋ものしわが走り、髪は白く背中も丸くなっている。

でもその姿は間違いなく、ハリエットがかつて愛していたテッドの姿。

たち尽くしつづける彼女の目には、いつしか大粒の涙が宿っていた。

この二十年余りの間、夫への不信という大きな氷の塊が心の奥に居座っていた。その凍《こご》えた塊が今溶け出している。

ハリエットはテッドに向かって、そろり、と足を踏み出した。

その動きで宿っていた涙がこぼれ落ちた。今まで耐えていたものが堰《せき》を切ったように、次から次へとあふれ出してきている。

その涙をぬぐおうともせず、ハリエットは静かにテッドの元へと近づいて行った。

テッドは近づいてきたハリエットに気づくと、一瞬驚いたような仕草を見せた。が、やがて何事もなかったかのように再び作業をつづける。

作業は休みなくつづけられている。だがその手はいつしか、一人から二人の手に変わっていた。ウィリーは茜色に染められた老夫婦をしばらく見ていた。

仕事はあらかた終わったようだ。二人はジョッシュとジェニファーの墓前に跪《ひざまず》くと、なにかを墓標に向かってささやきかけている。

その時、亡くなる前日にジェニファーから聞いたあの言葉が、ウィリーの脳裏によみがえってきた。

「環境を壊しちゃいけない……、罪のない生き物たちをころしちゃダメ、でも人を憎んでもいけない……」

今までウィリーは、この『でも人を憎んでもいけない……』という意味を、どうしても理解できずに苦しんでいた。それを、この老夫婦を通して、今ジェニファーに教えられている。

思いやる心は相手を変える、憎む心は新たな憎しみを生みだすだけ……。憎む心を持ったままでは、どんな小さなことでさえも解決できない。

ましてや、環境破壊の問題解決に、憎しみはなんの助けにもならない……、そういうジェニファーの声がウィリーの心に優しく響《ひび》いていた。

この問題の研究のために、ウィリーは九月からマニトバの大学に行く。

また一人になる、最近老いが目だってきた、祖母ハリエットのことがずっと気に懸《か》かっていた。だが祖父テッドは、愛する妻ハリエットのためにエポーの町に残るだろう、その確信が二人を遠くから見守るウィリーには生まれていた。

周囲の樹陰《じゅいん》には濃い夕闇が忍び寄っていた。暮れなずむ茜色は暗さを増している。テッドとハリエットは、その夕景の中、仕事を終え帰り支度《じたく》を始めている。

わずかに残る朱鷺色《ときいろ》の残照《ざんしょう》が、老夫婦の後ろ姿を淡く朱《しゅ》色に染めていた。

二人を見つめているウィリーの心に、不意になんの脈絡もなく、ジェニファーのつぶやきが聞こえてきた。

それはエポーの海辺で、ホープと別れて帰る途中、車の助手席で聞いていたジェニファーの涙ながらのつぶやき。

「ホープ、死んではいけない、生きて……、私たちのために生きのびて……」

あの時から事あるごとに、ずっと気になって何度も思い出している。

当時のウィリーには言葉は分かるが、意味不明のつぶやきだった。この事が未消化のまま、ウィリーの心の奥底に長い間、ポツンと残されていた理由だった。

あの時は、『ホープ』や『私たち』の持つ真の意味を理解できなかった。今考えれば、それはもっと深く、もっと大きな広がりを持っていたような気がする。

そう気づいたウィリーに、突如《とつじょ》として闇《やみ》を駆ける白い雷《いかずち》のように、一瞬の閃《ひらめ》きが奔《はし》った。

それは、

（ママはあの時に、滅《ほろ》びゆく極北からの咆哮、を聞いていたのかもしれない……）

という思い。

成人したウィリーがジェニファーの歩いてきた道を振りかえると、それは決して女性として幸せな道じゃなかった。

子供が生まれる前に夫に死に別れ、その子供が幼いうちに、今度は自分が非業《ひごう》（残念で思いがけない）の死を迎えた。

どんな言葉でも言い尽くせないような、行き場のない悲しさ、悔しさ、というものを、いつも心の奥に深く秘めたままの人生。

運がいいとか、悪いとか、人に課せられた運命はそれぞれにあるが、それに小さなため息一つで、ひっそりと折り合いをつけてきた人生だったような気がする。

―花の命は短くて苦しきことのみ多かりき……、と詠《よ》んだ先人がいる。この通りの人生だったのかもしれない。

その短く悲しみに満ちた生き方が、遺《のこ》して逝《い》く愛する我《わ》が子の未来を思い、環境に対して深い思想を抱《いだ》かせ、このつぶやきにつながっている……、今ウィリーはそれを強く感じている。

そしてこの一行のつぶやきに、短い時の流れを駆けぬけて逝《い》ったジェニファーの、思いのすべて、が凝縮《ぎょうしゅく》されている、それがウィリーの中に、じわりと湧き上がってきた感覚。

それはまた、亡くなった母親の顔を見た時に、

（ママの目はなにを見ているんだろう……？）

と浮かんだ思いにも、深くつながっているような気がする。

（あのつぶやきの、まだだれも見たことのない滅《ほろ》びの世界を、ママはあの目で見つめてい

たのかもしれない……）

その思いが、ウィリーの心の片隅に、ふっと浮かび上がってきた。

彼は西の空に目を転《てん》じた。

そこには茜《あかね》色をわずかに残した夕暮れが広がっていた。すでに星の瞬《また》きを感じられるほどに、濃い藍《あい》色に染められてきている。

ウィリーは、母親のつぶやきを、そっと、自分の胸の中にしまいこんだ。

学業を終えたらこの町に帰ってくる。その時、また、このつぶやきをとり出してみるつもりだ。

花の命のように、散りいそいで逝《い》ってしまったジェニファーの、『思いのすべて』を知るために……、それが今から果てしなくつづく旅路へのはじめの歩《あゆ》みになる……。

家路《いえじ》をたどる三人の足もとには、わずかばかりの茜の色がまだ頼りなさげに残っていた。

完

書評

ポーラーベアー（北極熊）ホープに寄せて」

新井良夫

作品を読み進めるうちに、三つの文章が私の胸に突き刺さってきた、

「さて、どこへ行くんかのう、感情を失った人間は……？」

「滅びゆく極北からの咆哮……」

「ウィリーは今、生きる物の底知れぬ知性を思い知らされていた。人はその一部を知るのみ」

物語はこれらの言葉をエッセンスとして展開されていくのだろうと予想した。これに加えて、モノ言えぬ生き物たちの哀しいまでの人に尽くす愛情には強く心を打たれる。

この作品では従来の児童文学作品のように深刻な実態を無害化することなく、ありのま

まの実態を子供たちに伝えようとしている。

今までとは全く次元の異なる環境破壊の実態が語られ、私たちの答えを求めて、その実態はあたかも巨大なスクリーンに映し出されるかのように眼前に迫ってくる。近い将来、森が「二酸化炭素の吸収源から放出源に変わる」という事実を突きつけられた時、一瞬息苦しさを覚えた。今ほど「人間」という存在が問われている時代はないのかもしれない。

終章の「花の命」という表現に触れた時、私の予想とは別にこの作品に潜むもう一つの大きなテーマに気付かされた。

それは母親ジェニファーの、花の命のように短い時を駆け抜ける生きざま、そしてその母親を悼み懐かしむ息子ウィリーの海よりも深い叙情詩にも似た思い。このウィリーの思いが作品の終盤に得も言われぬ余韻を響かせる。

この作品は繊細な絹糸一本、一本に細やかな愛や思いが込められ、丁寧に織られた半永久的に輝きを失わない、上質な絹織物にも似た児童文学作品に仕上っている。

藤女子大学名誉教授　新井良夫

北極熊ホープ

2021年11月30日　第1刷発行

著　者　　二郷半二
発行者　　日本橋出版
〒103-0023　東京都中央区日本橋本町2-3-15
共同ビル新本町5階
電話　03(6273)2638
https://nihonbashi-pub.co.jp/
発売元　　星雲社（共同出版社・流通責任出版社）
〒112-0005　東京都文京区水道1-3-30

ISBN978-4-434-29649-9